A VIDA, O UNIVERSO E TUDO MAIS

DOUGLAS ADAMS

A VIDA, O UNIVERSO E TUDO MAIS

3ª edição

SEXTANTE

tradução
Carlos Irineu da Costa

revisão técnica
Ana Rochadel

revisão
Antonio dos Prazeres
Sérgio Bellinello Soares

diagramação
DTPhoenix Editorial

capa
Marcelo Martinez

ilustração da capa
William Medeiros

fotolitos
R R Donnelley América Latina

impressão e acabamento
Yangraf Gráfica e Editora Ltda.

CIP-BRASIL. CATALOGAÇÃO-NA-FONTE
SINDICATO NACIONAL DOS EDITORES DE LIVROS, RJ

A176v Adams, Douglas, 1952-
A vida, o universo e tudo mais
/ Douglas Adams ; tradução Carlos Irineu da Costa.
– Rio de Janeiro: Sextante, 2005.

Tradução de: Life, the universe and everything
ISBN 85-7542-172-7

1. Espaço exterior – Ficção. 2. Galáxias – Ficção. 3. Ficção científica inglesa.
I. Título.

05-1134. CDD 823
CDU 821.111-3

Editora Sextante / GMT Editores Ltda.
Rua Voluntários da Pátria, 45 – Gr. 1.404 – Botafogo
22270-000 – Rio de Janeiro – RJ
Tel.: (21) 2286-9944 – Fax: (21) 2286-9244
E-mail: atendimento@esextante.com.br
www.sextante.com.br

Para Sally

capítulo 1

O já habitual grito matinal de horror era o som de Arthur Dent ao acordar e lembrar-se de onde estava.

O que o perturbava não era apenas a caverna fria nem o fato de ser úmida e fedorenta. Era o fato de que ela ficava bem no meio de Islington e que o próximo ônibus só iria passar dentro de dois milhões de anos.

O tempo é, por assim dizer, o pior lugar onde ficar perdido, como Arthur Dent havia descoberto. Ele já tinha se perdido várias vezes, tanto no tempo quanto no espaço. Pelo menos estar perdido no espaço mantém a pessoa ocupada.

Estava ilhado na Terra Pré-Histórica como resultado de uma complexa seqüência de eventos envolvendo o fato de ele ter sido alternadamente detonado ou insultado em regiões da Galáxia mais estranhas do que poderia sonhar. Por conta disso, ainda que sua vida no momento fosse extremamente monótona, continuava se sentindo muito assustado.

Fazia cinco anos que ninguém o detonava.

Como não tinha encontrado ninguém desde que ele e Ford Prefect se separaram quatro anos antes, também não havia sido insultado durante todo aquele tempo.

Exceto uma vez.

Aconteceu numa tarde de primavera cerca de dois anos antes.

Ele estava voltando para sua caverna, pouco depois do entardecer, quando percebeu estranhas luzes piscando através das nuvens. Virou-se para observar, sentindo seu coração encher-se de esperança. Resgate. Uma saída. O sonho impossível de todo náufrago: uma nave.

Observou, fascinado e animado, uma nave prateada e comprida descer em meio à brisa morna da tarde, em silêncio, delicadamente, suas longas e esguias hastes desdobrando-se em um suave balé tecnológico.

Assentou-se suavemente no terreno e o pequeno zumbido que havia gerado sumiu, como se fosse embalado pela calma da tarde.

Uma rampa estendeu-se.

Surgiram luzes pela abertura.

Uma silhueta alta apareceu na portinhola, desceu a rampa e parou bem na frente de Arthur.

– Você é um idiota, Dent – foi tudo o que disse.

Era um alienígena, do tipo bem alienígena. Tinha uma altura peculiarmente alienígena, uma cabeça achatada peculiarmente alienígena, pequenos olhos em fenda peculiarmente alienígenas, estava vestido com uma roupa elaboradamente desenhada e usava um colar peculiarmente alienígena, e tinha uma cor pálida cinza-esverdeada de alienígena que reluzia com um brilho lustroso que a maioria das faces cinza-esverdeadas só podia conseguir por meio de muitos exercícios e de sabonetes absurdamente caros.

Arthur olhou-o, atônito.

O alienígena olhou-o de volta.

O sentimento inicial de esperança e excitação havia sido completamente superado pelo espanto, e pensamentos de todos os tipos estavam, naquele momento, brigando pelo controle de suas cordas vocais.

– Qqqu...? – disse ele. – Mmms... ah... aahn... – acrescentou em seguida. – Qqqm... eeeerrr... ehh... quem? – conseguiu finalmente dizer e depois caiu numa espécie de silêncio frenético. Estava sentindo os efeitos de não ter dito nada a ninguém por mais tempo do que podia se lembrar.

A criatura alienígena franziu o rosto brevemente e consultou uma espécie de prancheta que estava segurando com sua mão fina e esguia de alienígena.

– Arthur Dent? – disse ele.

Arthur assentiu, balançando a cabeça.

– Arthur Phillip Dent? – prosseguiu o alienígena, com um tom de voz de firme.

– Ahhh... ah... sim... éééé... éééé – confirmou Arthur.

– Você é um idiota – repetiu o alienígena –, um bundão completo.

– Ehhh...

A criatura pareceu ter ficado satisfeita com aquilo. Balançou a cabeça levemente, depois fez uma marquinha peculiarmente alienígena em sua prancheta e virou-se bruscamente, caminhando em direção à nave.

– Ehhh... – disse Arthur, desesperado. – Ehhhh...

– Ah, não me venha com esse papo! – retrucou o alienígena. Subiu a rampa, passou pela portinhola e desapareceu dentro da nave. A portinhola se fechou, a rampa foi recolhida e a nave começou a emitir um leve zumbido grave.

– Ehhh, hei! – gritou Arthur, correndo logo em seguida na direção da nave. – Espere aí! – disse. – O que foi isso? O quê? Espere!

A nave elevou-se no ar, removendo seu peso como quem joga uma capa no chão, e pairou brevemente. Balançava estranhamente no céu da tarde. Passou pelas nuvens, iluminando-as brevemente, e depois se foi, deixando Arthur sozinho, naquela imensidão de terra, dançando uma pequena dança patética e sem sentido.

– O quê? – gritou Arthur. – O quê? Quê? Ei, o que foi? Volte aqui e repita isso!

Pulou e dançou até suas pernas começarem a tremer, gritou até seus pulmões arderem. Ninguém respondeu. Não tinha ninguém para ouvir ou falar com ele.

A nave alienígena já cruzava em alta velocidade as camadas mais altas da atmosfera, a caminho do vazio aterrador que separa as poucas coisas que existem no Universo umas das outras.

No interior da nave, seu ocupante, o alienígena com a pele milionária, estava esticado no único assento. Seu nome era Wowbagger, o Infinitamente Prolongado. Um homem com um objetivo. Na verdade, não era um objetivo muito nobre, como ele mesmo seria o primeiro a admitir, mas ao menos tinha um objetivo e isso o mantinha ocupado.

Wowbagger, o Infinitamente Prolongado, era – na verdade, é – um dos pouquíssimos seres imortais do Universo.

Aqueles que já nascem imortais sabem como lidar com isso instintivamente. Contudo, Wowbagger não tinha nascido imortal. Não. Passou a desprezar os imortais, aquela corja de babacas tranqüilões. Tinha se tornado imortal por um infeliz acidente envolvendo um acelerador de partículas irracionais, uma refeição líquida e um par de elásticos. Os detalhes exatos do acidente não são importantes, porque ninguém jamais foi capaz de duplicar as circunstâncias exatas em que as coisas aconteceram e, ao tentarem, muitas pessoas acabaram ficando com cara de idiotas, morreram no processo, ou ambas as coisas.

Com uma careta e uma expressão de cansaço, Wowbagger fechou seus olhos, colocou uma música de fundo no som da nave e pensou que até poderia ter conseguido... Se não fosse pelas tardes de domingo, teria conseguido.

No início tudo parecia engraçado: havia se divertido muito, vivendo perigosamente, se arriscando ao extremo, enriquecendo com investimentos de longo prazo e altas taxas de retorno e, no geral, permanecendo vivo enquanto os outros morriam.

Contudo, no final foram as tardes de domingo que se tornaram insuportáveis: aquela terrível sensação de não ter absolutamente nada para fazer que se instala em torno das 14h55, quando você sabe que já tomou um número mais que razoável de banhos naquele dia, quando sabe que, por mais que tente se concentrar nos artigos dos jornais, você nunca conseguirá lê-los nem colocar em prática a nova e revolucionária técnica de jardinagem que eles descrevem, e quando sabe que, enquanto olha para o relógio, os ponteiros se movem impiedosamente em direção às 16 horas e logo você entrará no longo e sombrio entardecer da alma.

A partir daí as coisas começaram a perder o sentido. Os sorrisos alegres que costumava distribuir durante os funerais dos outros começaram a sumir. Aos poucos, começou a desprezar o Universo em geral e cada um dos seus habitantes em particular.

Foi então que concebeu seu objetivo, aquilo que o faria prosseguir e que, até onde podia compreender, iria fazê-lo prosseguir para todo o sempre. Era o seguinte:

Iria insultar o Universo.

Isto é, iria insultar todos no Universo. Individualmente, pessoalmente e – esse foi o ponto no qual realmente decidiu se empenhar – em ordem alfabética.

Quando as pessoas reclamavam com ele, como algumas vezes já o tinham feito, que o plano não somente era mal-intencionado como também completamente impossível, devido ao número de pessoas que nasciam e morriam sem parar, ele simplesmente as encarava com um olhar gélido e dizia:

– Um homem tem o direito de sonhar, não é?

Foi assim que tudo começou. Construiu uma nave feita para durar, com um computador capaz de lidar com a infinitude de dados necessário para manter o controle de toda a população do Universo conhecido e calcular as complicadas rotas envolvidas.

Sua nave atravessou as órbitas internas do sistema estelar Sol, preparando-se para ganhar impulso ao circundar sua estrela e depois partir para o espaço interestelar.

– Computador.

– Presente – respondeu o computador.

– Para onde vamos?

– Vou calcular.

Wowbagger observou por alguns instantes o intricado colar de brilhantes da noite, bilhões de pequenos diamantes polvilhando a infinita escuridão com sua luz. Cada um deles, absolutamente todos, estava em seu itinerário. Iria passar milhões de vezes pela grande maioria deles.

Imaginou brevemente sua rota, conectando todos os pontos do céu como um desenho infantil de unir os pontos. Torceu para que, visto de algum lugar do Universo, aquele traçado soletrasse uma palavra extremamente obscena.

O computador emitiu um bipe chocho para indicar que havia terminado seus cálculos.

– Folfanga – disse. E bipou novamente. – Quarto planeta do sistema Folfanga – prosseguiu. E bipou mais uma vez. – Duração estimada para a viagem: três semanas – disse depois. Bipou de novo. – Vamos encontrar uma pequena lesma – bipou – do gênero A-Rth-Urp-Hil-Ipdenu. – Acredito – acrescentou, após uma breve pausa na qual bipou – que você decidiu chamá-la de "bundona descerebrada".

Wowbagger resmungou. De sua janela, observou a grandiosidade da criação por mais alguns instantes.

– Acho que vou tirar um cochilo. Por quais redes de transmissão vamos passar durante as próximas horas?

O computador bipou.

– Cosmovid, Thinkpix e Home Brain Box – disse. Então bipou mais uma vez.

– Vai passar algum filme a que eu ainda não tenha assistido umas 30 mil vezes?

– Não.

– Ah.

– Bem, tem *Angústia no Espaço*. Este você só viu 33.517 vezes.

– Me acorde para a segunda parte.

O computador bipou.

– Durma bem – disse.

A nave deslizava pela noite.

Enquanto isso, na Terra, caía uma chuva fina. Arthur Dent sentou-se em sua caverna e teve uma das noites mais tenebrosas de sua vida, pensando em milhares de coisas que poderia ter dito ao alienígena e matando mosquitos, que também tiveram uma noite bem tenebrosa.

No dia seguinte, decidiu fazer uma sacola usando uma pele de coelho porque achou que seria útil para colocar coisas dentro.

capítulo 2

Dois anos depois disso ter acontecido, a manhã estava doce e calma quando Arthur saiu da caverna que chamava de "casa" até conseguir encontrar um nome melhor para aquilo ou então encontrar uma caverna melhor.

Sua garganta estava novamente irritada devido a seu grito matinal de horror, mas ainda assim ele estava de ótimo humor. Enrolou firmemente seu roupão esfarrapado ao redor do corpo e sorriu, feliz, olhando aquela linda manhã.

O ar estava claro e cheio de aromas suaves, a brisa acariciava levemente a grama alta que cercava a caverna, os pássaros gorjeavam uns para os outros, as borboletas borboleteavam lindamente ao seu redor e toda a natureza parecia conspirar para ser tão gentil e agradável quanto possível.

Não eram, contudo, aquelas delícias bucólicas que haviam deixado Arthur tão feliz. Ele acabara de ter uma ótima idéia sobre como lidar com o terrível e solitário isolamento, os pesadelos, o fracasso de todas as suas tentativas de horticultura e a completa ausência de futuro e a futilidade de sua vida ali, na Terra pré-histórica. Tinha decidido enlouquecer.

Sorriu de novo, feliz, e mordeu um pedaço de perna de coelho que havia sobrado de seu jantar. Mastigou alegremente durante algum tempo e então resolveu anunciar formalmente sua decisão.

Ficou de pé, endireitou o corpo e olhou de frente para os campos e montanhas. Para dar mais peso às suas palavras, enfiou o osso de coelho na barba. Abriu bem os braços e disse:

– Vou ficar louco!

– Boa idéia – disse Ford Prefect, descendo com cuidado de uma rocha onde estivera sentado.

O cérebro de Arthur fez piruetas. Seu maxilar fez flexões.

– Eu fiquei louco por um tempo – disse Ford – e isso me fez muito bem.

Os olhos de Arthur começaram a dar cambalhotas.

– Sabe... – disse Ford.

– Por onde você andou? – interrompeu Arthur, agora que sua cabeça havia parado com a ginástica.

– Por aí – respondeu Ford –, aqui e ali. – Ele sorriu de uma forma que julgou (corretamente) ser absolutamente irritante. – Tirei minha mente de circulação por uns tempos. Achei que, se o mundo precisasse muito de mim, ele viria me chamar. E veio.

Pegou em sua mochila, agora completamente em farrapos, seu Sensormático Subeta.

– Pelo menos – prosseguiu – acho que veio. Isso aqui tem se mexido bastante. – Sacudiu o Subeta. – Se for um alarme falso, vou enlouquecer. De novo.

Arthur sacudiu a cabeça e sentou-se. Olhou para cima.

– Achei que você estivesse morto... – disse, perplexo.

– Foi o mesmo que eu pensei durante algum tempo – disse Ford – e depois decidi que eu era um limão durante algumas semanas. Me diverti bastante nessa época, pulando para dentro e para fora de um gim-tônica.

Arthur limpou a garganta, depois repetiu:

– Onde – disse ele – é que você...?

– Onde encontrei gim-tônica? – disse Ford, animado. – Encontrei um pequeno lago que pensava ser um gim-tônica, então fiquei pulando para dentro e para fora dele. Bem, pelo menos creio que ele achava que era um gim-tônica.

– Eu poderia – disse com um sorriso que faria qualquer homem são procurar abrigo nas árvores – ter imaginado tudo isso.

Esperou alguma reação de Arthur, mas este já o conhecia demasiadamente bem.

– Continue – disse ele, sem se alterar.

– Como você pode ver – disse Ford –, o sentido disso tudo é que não há sentido em tentar enlouquecer para impedir-se de ficar louco. Você pode muito bem dar-se por vencido e guardar sua sanidade para mais tarde.

– E isto é seu estado de sanidade, não é? – disse Arthur. – Estou perguntando apenas por curiosidade.

– Fui até a África. – disse Ford.

– É?

– É.

– E como foi lá?

– Então esta é sua caverna, não é? – disse Ford.

– Ehh, sim – respondeu Arthur. Sentia-se muito estranho. Após quase quatro anos de isolamento, estava tão feliz e aliviado por reencontrar Ford que tinha vontade de chorar. Por outro lado, Ford era uma pessoa que se tornava insuportável quase instantaneamente.

– Muito legal – disse Ford, falando da caverna de Arthur. – Você deve odiá-la.

Arthur sequer se preocupou em responder.

– A África foi bem interessante – prosseguiu. – Me comportei de forma bem estranha por lá.

Olhou para longe, pensativo.

– Resolvi ser cruel com os animais – disse, meio aéreo. – Mas apenas por diversão.

– Não me diga – respondeu Arthur, cauteloso.

– É verdade – afirmou Ford. – Não vou perturbá-lo com os detalhes porque eles iriam...

– O quê?

– Perturbá-lo. Mas você pode achar interessante saber que sou o integralmente responsável pela evolução do animal que, dentro de alguns séculos, vocês irão chamar de girafa. Também tentei aprender a voar. Acredita?

– Conte-me.

– Eu conto depois. Só vou mencionar que o *Guia* diz...

– O quê?

– O *Guia do Mochileiro das Galáxias*. Você se lembra, não?

– Sim, lembro-me de tê-lo jogado no rio.

– É, mas eu o pesquei de volta depois – disse Ford.

– Você não me contou isso.

– Não queria que você o jogasse fora de novo.

– Tudo bem – respondeu Arthur. – E o que ele diz?

– O quê?

– O que o *Guia* diz?

– Ah. O *Guia* diz que há toda uma arte para voar – respondeu Ford. – Ou melhor, um jeitinho. O jeitinho consiste em aprender como se jogar no chão e errar. – Deu um sorrisinho. Apontou para as marcas em suas calças na altura dos joelhos e levantou os braços para mostrar os ombros. Estavam arranhados e machucados. – Até agora não dei muita sorte – disse. Depois estendeu a mão. – Estou muito feliz em vê-lo novamente, Arthur.

Arthur sacudiu a cabeça em um acesso súbito de emoção e perplexidade.

– Há anos que não vejo alguém – disse. – Absolutamente ninguém. Mal me lembro de como se fala. Me esqueço de algumas palavras. Tenho praticado, sabe. Eu pratico falando com... falando com... como se chamam aquelas coisas que fazem os outros acharem que ficamos loucos quando falamos com elas? Como George III.

– Reis? – tentou Ford.

– Não, não – respondeu Arthur. – As coisas com as quais ele costumava falar. Estamos cercados por elas, mas que droga. Eu mesmo plantei centenas delas. Todas morreram. Árvores! Eu pratico falando com árvores. Para que é isso?

Ford continuava com a mão estendida. Arthur olhava, sem entender.

– Aperte – sugeriu Ford.

Arthur apertou a mão, meio nervoso no início, como se ela pudesse se transformar em um peixe. Então segurou-a vigorosamente com suas duas mãos, sentindo um enorme alívio. Apertou, apertou e apertou.

Depois de um tempo, Ford achou que já bastava. Subiram em uma colina rochosa próxima e olharam o cenário em volta.

– O que aconteceu com os golgafrinchenses?

Arthur deu de ombros.

– Muitos não sobreviveram ao inverno, três anos atrás. Os poucos que viveram até a primavera disseram que precisavam de umas férias e partiram em uma jangada. A História nos diz que devem ter sobrevivido...

– É – disse Ford. – Certo, certo. – Ele colocou as mãos na cintura e olhou novamente em volta para o planeta vazio. Repentinamente, Ford sentiu-se cheio de energia e perspectivas.

– Estamos de partida – disse, animado.

– Para onde? Como? – perguntou Arthur.

– Não sei – disse Ford –, mas posso sentir que chegou a hora. Vão acontecer coisas. Estamos a caminho.

Falou em voz baixa, quase sussurrando.

– Detectei – disse ele – perturbações na corrente.

Lançou um olhar decidido para o horizonte, como se quisesse que o vento soprasse em seus cabelos dramaticamente naquele momento. O vento, contudo, estava ocupado brincando com umas folhas não muito longe.

Arthur pediu para Ford repetir o que acabara de dizer, porque não havia compreendido totalmente o sentido. Ford repetiu.

– A corrente? – perguntou Arthur.

– A corrente do espaço-tempo – disse Ford e, quando o vento soprou brevemente ao redor deles, abriu um largo sorriso.

Arthur concordou e limpou a garganta.

– Estaríamos falando – perguntou, cautelosamente – a respeito de alguma coisa que os vogons arrastam por aí ou o que exatamente?

– Há um zéfiro – disse Ford – no contínuo espaço-temporal.

– Ah – concordou Arthur –, onde ele está? Onde está? – Colocou as mãos nos bolsos de seu roupão e perscrutou o horizonte.

– O quê?

– Bem, quem é esse tal de Zéfiro exatamente? – perguntou Arthur.

Ford olhou para ele, furioso.

– Você quer me ouvir, por favor? Não estou falando de uma pessoa!

– Eu estava ouvindo – disse Arthur –, mas não acho que tenha ajudado muito.

Ford agarrou-o pelas lapelas do roupão e falou com ele tão lenta, articulada e pacientemente como se fosse alguém do serviço de atendimento ao cliente de uma companhia telefônica.

– Parece... – disse – ...haver alguns núcleos... – disse em seguida – ...de instabilidade... – continuou – ...na tessitura... – prosseguiu.

Arthur olhava abestalhado para o tecido de seu roupão, onde Ford o segurava. Ford soltou o roupão antes que Arthur transformasse seu olhar abestalhado em uma observação abestalhada.

– ...na tessitura do espaço-tempo – concluiu.

– Ah, é isso – disse Arthur.

– Sim, isso – confirmou Ford.

Lá estavam eles, sozinhos sobre uma colina na Terra pré-histórica, olhando um para o outro intensamente.

– E isso fez o quê? – disse Arthur.

– Isso – respondeu Ford – desenvolveu núcleos de instabilidade.

– É mesmo?? – disse Arthur, sem piscar os olhos por um segundo sequer.

– Sim, de fato – retrucou Ford, com o mesmo grau de imobilidade ocular.

– Que bom! – disse Arthur.

– Entendeu? – disse Ford.

– Não – disse Arthur.

Fizeram uma pausa silenciosa.

– A dificuldade desta conversa – disse Arthur, depois que uma expressão pensativa havia lentamente subido por todo o seu rosto, como um alpinista escalando uma passagem traiçoeira – é que ela é muito diferente das que tenho tido nos últimos tempos. Como expliquei há pouco, foram basicamente com árvores. Não eram assim. Exceto talvez por algumas conversas que tive com os olmeiros, que algumas vezes ficam um pouco desorientados.

– Arthur – disse Ford.

– Sim? – disse Arthur.

– Basta acreditar no que eu lhe disser e tudo será extremamente simples.

– Puxa, não sei se acredito nisso.

Sentaram-se para tentar reorganizar os pensamentos.

Ford pegou o Sensormático Subeta. Estava emitindo zumbidos variados e havia uma luz piscando, fraquinha.

– Pilha fraca?

– Não – disse Ford –, há uma perturbação em movimento na tessitura do espaço-tempo, um zéfiro, um núcleo de instabilidade, e parece estar bem próximo de nós.

– Onde?

Ford moveu o aparelho em um semicírculo, balançando-o ligeiramente.

De repente a luz piscou.

– Lá! – disse Ford, apontando com o braço. – Bem atrás daquele sofá!

Arthur olhou. Ficou completamente surpreso ao notar que havia um sofá Chesterfield, forrado de veludo *paisley*, no campo bem na frente deles. Olhou para ele com uma perplexidade inteligente. Perguntas perspicazes perpassaram sua mente.

– Por que – perguntou ele – tem um sofá naquele campo?

– Acabei de explicar! – gritou Ford, irritado. – Um zéfiro no contínuo espaço-temporal.

– E este sofá é do Zéfiro? – perguntou Arthur, tentando se apoiar em seus pés e, apesar da falta de otimismo, também em seus sentidos.

– Arthur! – gritou Ford com ele. – Aquele sofá está ali por causa da instabilidade no espaço-tempo que estou tentando incutir em sua mente terminalmente debilitada. Ele foi jogado para fora do contínuo, é um resíduo nas margens do espaço-tempo – aliás, seja o que for, temos que agarrá-lo, pois é a única forma de sairmos daqui!

Saltou até a base da rocha onde estavam e começou a correr pelo campo.

“Agarrá-lo?”, pensou Arthur, depois levantou as sobrancelhas, espantado, quando viu que o Chesterfield estava balançando e flutuando lentamente pela grama.

Com um grito de prazer totalmente inesperado, desceu saltitante da rocha e saiu correndo atrás de Ford Prefect e daquela peça irracional de mobília.

Correram tresloucadamente pela grama, pulando, rindo e gritando instruções para levar aquela coisa para um lado ou para o outro. O sol brilhava ardentemente sobre a relva e pequenos animais saíam correndo para abrir caminho.

Arthur sentia-se feliz. Estava profundamente contente porque, pelo menos uma vez, seu dia estava saindo exatamente como planejado. Há apenas 20 minutos havia decidido ficar louco e, pouco depois, lá estava ele, caçando um Chesterfield através dos campos da Terra pré-histórica.

O sofá ondulava de um lado para o outro, parecendo ser ao mesmo tempo tão sólido quanto as árvores ao passar entre algumas delas e tão nebuloso quanto um sonho alucinado ao flutuar como um fantasma através de outras.

Ford e Arthur corriam desvairadamente atrás dele, mas o sofá se desviava e se esquivava como se seguisse uma complexa topografia matemática própria – era exatamente o que estava fazendo. Continuavam a perseguição, o sofá continuava dançando e girando, até que, subitamente, virou-se e mergulhou, como se estivesse cruzando o limite de um gráfico catastrófico, e se viram praticamente em cima dele. Dando impulso e gritando, subiram no sofá, o sol tremeluziu, caíram por um vazio doentio e apareceram inesperadamente no meio do campo de críquete conhecido como Lord's Cricket Ground, em St. John's Wood, Londres, perto do final da última partida da Série Australiana no ano de 198-, quando a Inglaterra precisava de apenas 28 *runs* para vencer.

capítulo 3

Fatos importantes extraídos da *História Galáctica,* número um:

(Reproduzido do *Livro de História Galáctica Popular do Siderial Daily Mentioner's.)*

O céu noturno do planeta Krikkit é a vista menos interessante de todo o Universo.

capítulo 4

Era um dia lindo e agradável no Lord's Cricket Ground quando Ford e Arthur foram casualmente jogados para fora de uma anomalia espaço-temporal e se estatelaram violentamente sobre o gramado perfeito.

A torcida aplaudia estrondosamente. Não eram eles que estavam sendo aplaudidos, mas se curvaram, em um gesto instintivo de agradecimento, o que foi uma grande sorte, já que a pequena e pesada bola vermelha que a torcida estava aplaudindo passou zunindo a poucos milímetros da cabeça de Arthur. Na multidão, um homem desmaiou.

Eles se jogaram de volta no chão, que parecia girar de forma medonha em torno deles.

– O que foi isso? – sussurrou Arthur.

– Algo vermelho – sussurrou Ford de volta.

– Onde estamos?

– Ahn, sobre algo verde.

– Formas – murmurou Arthur. – Preciso de formas.

O aplauso da multidão foi rapidamente substituído por exclamações de perplexidade e pelas risadas tensas de centenas de pessoas que ainda não tinham decidido se acreditavam ou não no que haviam acabado de ver.

– Este sofá é de vocês? – disse uma voz.

– O que foi isso? – sussurrou Ford.

Arthur olhou para cima.

– Algo azul.

– Forma? – perguntou Ford.

Arthur olhou novamente.

– Tem a forma – sussurrou para Ford, com as sobrancelhas furiosamente contraídas – de um policial.

Permaneceram agachados por alguns instantes, franzindo os olhos o máximo possível. A coisa azul com a forma de policial cutucou os dois.

– Vamos lá, vocês dois – disse a forma –, vamos andando.

Essas palavras tiveram um forte efeito sobre Arthur. Em um segundo estava de pé, como um escritor ao ouvir o telefone tocar, e olhou espantado para as coisas em volta dele, que haviam se fixado em uma familiaridade bem terrível.

– De onde você tirou isso? – gritou para a forma de policial.

– O que você disse? – respondeu a forma, espantada.

– Isso aqui é Lord's Cricket Ground, não é? – retrucou Arthur. – Onde você encontrou isso, como você o trouxe até aqui? Acho – acrescentou, colocando a mão na testa – que é melhor eu me acalmar. – Agachou-se abruptamente diante de Ford.

– É um policial – disse. – O que vamos fazer?

Ford deu de ombros.

– O que você quer fazer?

– Eu quero – disse Arthur – que você me diga que passei os últimos cinco anos sonhando.

Ford deu de ombros novamente e obedeceu.

– Você passou os últimos cinco anos sonhando.

Arthur levantou-se outra vez.

– Está tudo bem, seu guarda – disse ele. – Eu passei os últimos cinco anos sonhando. Pergunte a ele – acrescentou, apontando para Ford –, ele também estava no sonho.

Tendo dito isso, saiu andando em direção à divisória do campo, espanando o pó de seu roupão. Foi então que notou seu roupão e parou. Olhou para ele. Atirou-se sobre o guarda.

– Então de onde foi que vieram estas roupas? – gritou.

Desmaiou e caiu sobre o gramado.

Ford balançou a cabeça.

– Os últimos dois milhões de anos foram difíceis para ele – disse para o guarda. Juntos, colocaram Arthur sobre o sofá e o carregaram para fora do campo, sendo brevemente interrompidos, no meio do caminho, pela súbita desaparição do sofá.

A multidão reagiu de formas bem variadas a tudo isso. Muitos não tiveram estômago para assistir à cena e preferiram ouvir a narração pelo rádio.

– Olha, Brian, essa foi interessante – disse um dos locutores para o outro. – Não me lembro de nenhuma materialização misteriosa no campo desde que... bom, acho que isso nunca aconteceu antes, não que eu me lembre.

– Que tal Edgbaston, 1932?

– O que foi que aconteceu por lá?

– Bem, Peter, acho que era Canter contra Willcox, vindo para arremessar do extremo do campo quando um espectador subitamente atravessou o gramado.

Ficaram em silêncio enquanto o primeiro locutor pensava a respeito.

– Eeeeeé... é – disse ele. – Bem, não vejo nenhum grande mistério nisso, não é mesmo? Pelo que entendi, o sujeito não se materializou em campo, ele apenas entrou correndo, não?

– É verdade, é verdade, mas ele disse que tinha visto algo se materializar no campo.

– Ah! E o que ele viu?

– Acho que era um jacaré.

– Certo. E alguém mais notou o jacaré em campo?

– Aparentemente não. Como ninguém conseguiu que o tal homem desse uma descrição muito detalhada, fizeram uma busca rápida pelo campo mas não acharam nada.

– E que fim levou o sujeito?

– Bem, pelo que me lembro, alguém se ofereceu para tirá-lo de lá e pagar um almoço para o homem, mas ele disse que já havia comido muito, então deixaram o caso de lado e a partida acabou com Warwickshire vencendo por três *wickets*.

– Eu diria que foi bem diferente desse caso agora. Para os ouvintes que acabaram de sintonizar nossa transmissão, o que está acontecendo por aqui é que... bem... dois homens – usando uns farrapos em péssimo estado, aliás – e também um sofá... Era um Chesterfield, não era?

– Isso mesmo, Peter, um Chesterfield.

– Eles se materializaram sensacionalmente bem aqui, no meio do Lord's Cricket Ground. Mas não acho que tenham feito isso por maldade, parecem bem-intencionados e...

– Peter, Peter, um momento... Queria interrompê-lo para dizer que o sofá acaba de desaparecer.

– É verdade. Temos um mistério a menos, então. Ainda assim, definitivamente essa vai entrar para a história, sobretudo porque ocorreu em um momento dramático da partida, a Inglaterra só precisa de 24 *runs* para vencer a rodada. Neste momento, um policial está escoltando os dois homens para fora do gramado, os espectadores estão se sentando e parece que a partida vai recomeçar.

– Senhor – disse o policial depois que passaram por um grupo de espectadores curiosos e colocaram o corpo pacificamente inerte de Arthur sobre um cobertor –, talvez possa me contar quem você é, de onde vem e qual o significado de toda essa confusão?

Ford olhou para o chão por um momento, como se estivesse se preparando para algo, depois endireitou-se e disparou um olhar para o policial que o atingiu com toda a força de cada milímetro dos 600 anos-luz de distância que separam a Terra e o planeta de Ford, próximo de Betelgeuse.

– Tudo bem – disse Ford, com toda a calma do mundo –, vou contar.

– Ah, olha, não vai ser necessário – disse o policial apressadamente. – Apenas não deixe que seja lá o que for aconteça de novo. – O policial virou-se e partiu em busca de alguém que não fosse de Betelgeuse. Felizmente o campo estava cheio de pessoas assim.

A consciência de Arthur aproximou-se de seu corpo, relutantemente, como se viesse de muito longe. Ela já tinha passado por maus bocados lá dentro. Tensa e lentamente, entrou e assentou-se em sua posição habitual.

Arthur sentou-se.

– Onde estou? – perguntou.

– No Lord's Cricket Ground – respondeu Ford.

– Ótimo – disse Arthur, e sua consciência saiu de novo para tomar um pouco de ar. Seu corpo voltou a cair na grama.

Dez minutos depois, agarrado a uma xícara de chá em uma barraquinha de refrigerantes, seu rosto exausto já estava menos pálido.

– Como está se sentindo? – perguntou Ford.

– Estou em casa – respondeu Arthur, com uma voz rouca. Fechou os olhos e deliciou-se com o aroma de seu chá como se fosse... bem, do ponto de vista de Arthur, como se aquilo fosse chá, o que de fato era.

– Estou em casa – repetiu –, em casa. Estou na Inglaterra, no presente, o pesadelo acabou. – Abriu seus olhos novamente e deu um sorriso sereno. – Estou aqui, onde pertenço – disse, com um suspiro emocionado.

– Acho que há duas coisas que devo lhe dizer – disse Ford, colocando um exemplar do jornal *Guardian* à frente de Arthur.

– Estou em casa – disse Arthur.

– Sim – disse Ford. – A primeira coisa – continuou, apontando para a data impressa no jornal – é que a Terra será demolida dentro de dois dias.

– Estou em casa – disse Arthur. – Chá, críquete, grama aparada, bancos de madeira, blazers de linho branco, latas de cerveja...

Focou lentamente o jornal. Torceu um pouco a cabeça para o lado e franziu a testa.

– Acho que já vi isso antes. – Seus olhos subiram lentamente pela página até chegar à data, sobre a qual Ford continuava batendo com o dedo. Seu rosto se congelou durante alguns segundos, depois começou a fazer aquela coisa terrível de rachar lentamente que os icebergs do Ártico costumam fazer de forma tão dramática na primavera.

– A outra coisa – disse Ford – é que há um osso enfiado em sua barba. – Ele tomou seu chá.

Do lado de fora da barraquinha de refrigerantes, o sol brilhava sobre uma multidão alegre. Brilhava sobre chapéus brancos e rostos rosados. Brilhava sobre picolés, derretendo-os. Brilhava sobre as lágrimas das criancinhas cujos picolés derretiam e caíam no chão. Brilhava sobre as árvores, reluzia nos bastões de críquete que giravam, fulgurava sobre um objeto absolutamente extraordinário que estava estacionado atrás dos outdoors e que, aparentemente, ninguém havia notado. Resplandecia sobre Ford e Arthur quando saíram da barraquinha de refrigerantes, ofuscados pela claridade, e olharam para a cena em volta.

Arthur estava trêmulo.

– Talvez – ele disse – eu devesse...

– Não – retrucou Ford, seco.

– O quê?

– Não tente telefonar para si mesmo em casa.

– Mas como você sabia?

Ford deu de ombros.

– Por que não? – insistiu Arthur.

– Falar consigo mesmo no telefone – respondeu Ford – nunca leva a nada.

– Mas...

– Veja – disse Ford. Pegou um telefone imaginário e apertou teclas imaginárias.

– Alô? – disse ele, no fone imaginário. – Gostaria de falar com Arthur Dent? Ah, sim, bom dia. Aqui é Arthur Dent falando. Não desligue.

Lançou um olhar desapontado para o fone imaginário.

– Desligou! – disse, e depois colocou o fone imaginário cuidadosamente de volta em seu gancho imaginário. – Olha, esta não é minha primeira anomalia temporal.

Um olhar ainda mais abatido substituiu o olhar abatido no rosto de Arthur.

– Quer dizer que não estamos sãos e salvos em casa, relaxando após um bom banho? – perguntou.

– Acho que não podemos sequer dizer – respondeu Ford – que estamos em casa nos secando vigorosamente com uma toalha.

O jogo prosseguia. O arremessador aproximou-se do *wicket* com passos rápidos, depois trotando, então correndo. Subitamente explodiu em uma rajada de braços e pernas da qual saiu voando uma bola. O rebatedor acertou a bola e lançou-a para trás, por cima dos outdoors. Ford seguiu a bola com os olhos e congelou por um instante. Ficou imóvel. Percorreu novamente a trajetória da bola e mais uma vez seus olhos se contraíram.

– Esta não é minha toalha – disse Arthur, que estava revirando o conteúdo de sua bolsa de pele de coelho.

– Psst! – disse Ford. Travou os olhos, concentrado.

– Eu tinha uma toalha esportiva de Golgafrinchan – prosseguiu Arthur – que era azul com umas estrelas amarelas. Não é esta!

– Psst! – repetiu Ford. Cobriu um dos olhos enquanto olhava com o outro.

– Esta é rosa – disse Arthur. – Por acaso é sua?

– Queria que você ficasse quieto e parasse de falar sobre sua toalha – disse Ford.

– Mas não é minha toalha – insistiu Arthur –, é justamente isso que estou tentando...

– E eu queria que você ficasse quieto exatamente agora – completou Ford, quase rosnando.

– Tudo bem – disse Arthur, colocando a toalha de volta em sua bolsa pré-histórica. – Entendo que provavelmente não seja um evento importante na escala cósmica, mas ainda assim é peculiar. Uma toalha rosa, do nada, em vez da toalha azul com estrelas amarelas...

Ford estava começando a agir de forma bastante estranha, ou talvez não estivesse realmente começando a agir estranhamente, mas começando a agir de uma forma que era estranhamente diferente das outras formas estranhas como ele geralmente agia. Estava fazendo o seguinte: ignorando solenemente os olhares de estranhamento que provocava no restante do público, passava as mãos em movimentos rápidos na frente de seu rosto, agachava-se atrás de algumas pessoas, pulava por trás de outras, depois ficava imóvel, piscando muito. Fez isso por alguns instantes e então começou a andar sorrateiramente para a frente, de forma lenta e dissimulada, com o rosto completamente franzido e concentrado, como um leopardo que não estivesse bem certo de ter visto uma lata quase vazia de comida de gato a um quilômetro de distância em uma planície quente e poeirenta.

– Esta também não é a minha sacola – disse Arthur, subitamente.

Arthur quebrou a concentração de Ford, que olhou para ele, irritado.

– Não estava mais falando sobre minha toalha – disse Arthur. – Já concluímos que não é minha. É que a bolsa onde estava guardando a toalha, a tal que não é minha, também não é minha, apesar de ser incrivelmente parecida. Pessoalmente acho que isso é muito estranho, até porque eu mesmo fiz essa bolsa na Terra pré-histórica. E estas também não são minhas pedras – acrescentou, tirando algumas pedras cinzentas e achatadas da bolsa. – Estava fazendo uma coleção de pedras interessantes e estas aqui são claramente bobas.

Um grito animado varreu a multidão e interrompeu qualquer coisa que Ford fosse responder. A bola de críquete, que havia causado aquela reação, caiu do céu precisamente dentro da misteriosa bolsa de pele de coelho de Arthur.

– Devo dizer que este também foi um evento muito peculiar – disse Arthur, fechando rapidamente sua bolsa e fingindo procurar a bola no chão.

– Acho que não caiu aqui – disse para os garotos que imediatamente se juntaram ao seu redor procurando a bolinha. – Provavelmente rolou para outro lugar. Acho que foi para lá. – Apontou vagamente na direção para a qual gostaria que eles fossem. Um dos garotos ficou olhando para ele, curioso.

– Você está bem? – perguntou o garoto.

– Não – respondeu Arthur.

– Então por que você está com um osso em sua barba? – disse o garoto.

– Estou treinando-o para se sentir bem em qualquer lugar. – Arthur ficou orgulhoso por ter dito aquilo. Em sua visão, era exatamente o tipo de coisa que iria entreter e estimular a mente de um jovem.

– Ah – respondeu o garoto, coçando a cabeça enquanto pensava sobre aquilo. – Qual o seu nome?

– Dent – disse Arthur –, Arthur Dent.

– Você é um idiota, Dent – disse o garoto –, um bundão completo. – Depois olhou para o lado, demonstrando que não estava minimamente preocupado em fugir e finalmente saiu andando, coçando o nariz. Arthur lembrou-se de que a Terra seria demolida novamente dentro de dois dias e, pelo menos uma vez, isso não fez com que se sentisse mal.

A partida recomeçou com uma nova bola, o sol continuava brilhando e Ford continuava pulando para cima e para baixo, sacudindo a cabeça e piscando.

– Você está preocupado com alguma coisa, não é? – disse Arthur.

– Acho – respondeu Ford, em um tom de voz que Arthur já tinha aprendido a reconhecer como algo que precede alguma outra coisa completamente incompreensível – que tem um POP ali.

Apontou. Curiosamente, a direção para a qual ele apontou não era para onde estava olhando. Arthur olhou para aquele lado, próximo aos outdoors, e para o outro lado, na direção do campo. Ele assentiu e deu de ombros. Deu de ombros de novo.

– Um o quê? – perguntou.

– Um POP.

– Um P...?

– ...OP.

– E isso seria?

– Um Problema de Outra Pessoa.

– Ah, que bom – disse Arthur, relaxando. Não tinha idéia do que se tratava, mas o assunto parecia ter terminado. Não tinha.

– Lá – disse Ford, apontando novamente para os gigantescos outdoors e olhando para o campo.

– Onde?

– Ali! – disse Ford.

– Estou vendo – disse Arthur, que não estava.

– Está? – disse Ford.

– O quê? – disse Arthur.

– Você está vendo – disse Ford, pacientemente – o POP?

– Achei que você tinha dito que isso era problema de outra pessoa.

– Exato.

Arthur assentiu lentamente, cuidadosamente e com uma cara de total imbecilidade.

– E quero saber – disse Ford – se você consegue vê-lo.

– Quer mesmo?

– Sim.

– Com o que – disse Arthur – ele se parece?

– E como diabos vou saber, seu burro? – gritou Ford. – Se você consegue vê-lo, você é quem tem que me dizer.

Arthur sentiu aquela estranha pulsação atrás das têmporas que era uma marca registrada de muitas de suas conversas com Ford. Sua mente se escondia como um cãozinho assustado no canil. Ford agarrou-o pelo braço.

– Um POP é alguma coisa que não podemos ver, ou não vemos, ou nosso cérebro não nos deixa ver porque pensamos que é um problema de outra pessoa. É isso que POP quer dizer: Problema de Outra Pessoa. O cérebro simplesmente o apaga, como um ponto cego. Se você olhar diretamente para ele, não verá nada, a menos que saiba exatamente o que é. A única chance é conseguir ver algo olhando de soslaio.

– Ah – disse Arthur –, então é por isso que...

– Sim – disse Ford, que sabia o que Arthur iria dizer.

– ...você estava pulando para cima e...

– Sim.

– ...para baixo e piscando...

– Sim.

– ...e...

– Acho que você captou a mensagem.

– Eu posso vê-la – disse Arthur. – É uma espaçonave.

Arthur ficou momentaneamente atordoado pela reação que esta revelação havia provocado. Um ruído veio da multidão que estava em completo tumulto. Pessoas corriam em todas as direções, gritando, berrando e tropeçando umas nas outras em completo caos. Deu um passo para trás e olhou em volta espantado. Depois olhou novamente em volta, ainda mais espantado.

– Emocionante, não? – disse uma aparição. A aparição tremeu diante dos olhos de Arthur, embora, na prática, provavelmente fossem os olhos de Arthur que estavam tremendo diante da aparição. Sua boca também tremeu.

– O... o... o... o... – disse sua boca.

– Acho que seu time acaba de ganhar – disse a aparição.

– O... o... o... o... – repetiu Arthur, pontuando cada tremelique com uma cutucada nas costas de Ford Prefect. Ford observava o tumulto, apreensivo.

– Você é inglês, não é? – disse a aparição.

– S... s... s... s... sim – disse Arthur.

– Como eu disse, seu time acaba de ganhar a partida. Isto significa que eles ficam com as Cinzas. Você deve estar muito feliz. Devo dizer que sou particularmente apaixonado pelo críquete, embora prefira que ninguém de outro planeta me ouça dizendo isto. É, realmente não seria nada bom.

A aparição deu o que poderia ter sido um sorriso travesso, mas era difícil dizer ao certo porque o sol estava batendo por trás, criando uma aura ofuscante ao redor de sua cabeça e iluminando seus cabelos e barba grisalhos de uma forma impressionante, dramática e muito difícil de conciliar com sorrisos travessos.

– Mesmo assim – prosseguiu – tudo estará acabado dentro de dois dias, não é? Apesar de que, como lhe disse da última vez em que nos encontramos, eu sinto muitíssimo por isso. Bem, aquilo que tiver que ter sido terá sido.

Arthur tentou falar, mas desistiu da luta desigual. Cutucou Ford novamente.

– Achei que algo terrível houvesse acontecido – disse Ford –, mas era apenas o final da partida. Temos que sair. Ah, oi, Slartibartfast, o que você está fazendo por aqui?

– Apenas dando uma volta, você sabe – disse o velho, seriamente.

– Aquela nave é sua? Você poderia nos dar uma carona até algum lugar?

– Paciência, paciência – retrucou o velho.

– Tudo bem – disse Ford. – É só porque este planeta será demolido em pouco tempo.

– Eu sei – respondeu Slartibartfast.

– Então, pois é, eu só queria que isto ficasse claro – disse Ford.

– Está claro.

– E se você acha que realmente é uma boa idéia, a essa altura, ficar perambulando por um campo de críquete...

– Acho.

– A nave é sua, claro.

– De fato.

– Suponho que sim – disse Ford, depois virou-se bruscamente.

– Alô, Slartibartfast – disse Arthur, finalmente.

– Alô, terráqueo – respondeu Slartibartfast.

– Afinal – disse Ford – só se morre uma vez.

O velho ignorou o último comentário e olhou intensamente para o campo, com olhos que pareciam espelhar sentimentos sem qualquer relação com o que estava acontecendo lá. O que estava acontecendo lá era que a multidão se reunira num grande círculo em torno do centro do campo. O que Slartibartfast estava vendo era algo que só ele sabia.

Ford estava cantarolando algo. Era apenas uma nota, repetida em intervalos regulares. Ele queria que alguém perguntasse o que estava cantarolando, mas ninguém perguntou. Se alguém tivesse perguntado, teria respondido que estava repetindo várias vezes o início de uma canção de Noel Coward chamada *Mad About the Boy* (Louco pelo garoto). Alguém diria, então, que estava cantando apenas uma nota, e ele responderia que, por motivos que lhe pareciam óbvios, estava omitindo a parte do "about the boy". Ficou muito chateado, já que ninguém lhe perguntou nada disso.

– É só que – acabou dizendo, irritado –, se não sairmos logo daqui, podemos ficar presos naquela confusão de novo. E nada me deprime mais do que ver um planeta sendo destruído. Com a exceção, talvez, de estar no planeta quando isso acontece. Ou – acrescentou, em voz baixa – assistir a partidas de críquete.

– Paciência – repetiu Slartibartfast. – Grandes coisas irão acontecer.

– Foi exatamente o que você disse da última vez – disse Arthur.

– E aconteceram coisas – disse Slartibartfast.

– É verdade – admitiu Arthur.

Ainda assim, aparentemente tudo o que estava acontecendo era uma cerimônia. Tinha sido especialmente preparada para a TV, em detrimento dos espectadores, e tudo o que podiam perceber de onde estavam era o que ouviam em um rádio próximo.

Ford estava agressivamente desinteressado. Ele se aborreceu quando explicaram que as Cinzas seriam entregues ao capitão do time da Inglaterra, se enfureceu quando disseram que as Cinzas estavam sendo entregues porque era a enésima vez que a Inglaterra ganhava, rosnou de irritação ao saber que eram os restos de uma trave de críquete e quando, além disso tudo, lhe pediram para lidar com o fato de que a trave em questão havia sido queimada em Melbourne, na Austrália, em 1882, para simbolizar a "morte do críquete inglês", virou-se para Slartibartfast, inspirou profundamente, mas não pôde dizer nada porque o velho não estava mais lá. Ele seguia rapidamente em direção ao centro do campo com uma forte determinação em seu andar, e seus cabelos, sua barba e sua túnica esvoaçavam atrás dele, o que fazia com que se parecesse muito com Moisés, não fosse pelo fato de que o Monte Sinai em geral é representado como um imponente monte fumegante e não como um gramado bem aparado.

– Ele disse para nos encontrarmos na nave – disse Arthur.

– Por Zárquon, o que diabos este velho tolo está fazendo? – gritou Ford.

– Está indo nos encontrar em sua nave dentro de dois minutos – disse Arthur, com uma cara que indicava total ausência de pensamentos. Começaram a andar na direção da nave. Estranhos sons chegavam até eles. Tentaram não ouvi-los, mas não podiam deixar de notar que Slartibartfast estava exigindo, com veemência, que a urna de prata contendo as Cinzas lhe fosse entregue, posto que era, disse ele, "de vital importância para a segurança presente, passada e futura da Galáxia". Era isso que estava causando os risos histéricos. Resolveram ignorar o assunto.

Não puderam, contudo, ignorar o que aconteceu em seguida. Com um barulho similar a 100 mil pessoas dizendo "uop", uma espaçonave branca metálica pareceu se materializar do nada diretamente sobre o campo de críquete e lá ficou parada, com um ar infinitamente ameaçador e um leve zumbido.

Por algum tempo, não fez nada, como se desejasse que as pessoas continuassem com seus afazeres e não se preocupassem com o fato de ela ficar suspensa no ar.

Depois fez algo muito extraordinário. Ou, mais precisamente, ela se abriu e deixou que coisas muito extraordinárias saíssem dela, 11 coisas muito extraordinárias.

Eram robôs brancos.

O que havia de mais extraordinário a respeito deles era que pareciam estar vestidos para aquele evento. Não apenas eram brancos, mas além disso carregavam coisas que pareciam ser bastões de críquete, e não apenas isso, mas também carregavam o que pareciam ser bolas de críquete, e não apenas isso, mas também usavam joelheiras brancas na parte inferior de suas pernas. As joelheiras eram extraordinárias, porque continham jatos que permitiam a esses robôs curiosamente civilizados descer voando de sua nave suspensa sobre o campo e começar a matar pessoas, que foi exatamente o que eles fizeram.

– Olhe – disse Arthur –, parece que está acontecendo alguma coisa.

– Vá para a nave – gritou Ford. – Não quero saber, não quero ver, não quero ouvir – gritou enquanto corria. – Este não é meu planeta, não escolhi estar aqui, não quero me envolver, só quero que me tirem daqui e me levem para uma festa onde tenha pessoas como eu!

Fumaça e chamas subiam do campo.

– Nossa, parece que a brigada sobrenatural resolveu aparecer por aqui hoje com força total... – um rádio gargarejou alegremente para si mesmo.

– Eu preciso – gritou Ford, a fim de esclarecer suas observações anteriores – é de um drinque bem forte e uma galera legal. – Continuou correndo, parando apenas um breve instante para puxar Arthur pelo braço. Arthur havia retomado seu papel habitual durante crises, que era o de ficar parado, com a boca aberta, deixando-se levar pelos eventos.

– Estão jogando críquete – murmurou Arthur, cambaleando atrás de Ford. – Juro que estão jogando críquete. Não sei por que, mas é o que estão fazendo. Não estão apenas matando as pessoas, estão debochando delas – gritou. – Ford, estão debochando de nós!

Teria sido difícil não acreditar nisso sem conhecer muito mais História Galáctica do que os poucos pedaços que Arthur havia conseguido pescar em suas viagens. As violentas e fantasmagóricas formas que se moviam na espessa nuvem de fumaça pareciam estar realizando uma série de paródias peculiares de movimentos com os bastões, com a diferença que cada uma das bolas que rebatiam com seus bastões explodia ao tocar em algo. A primeira delas alterou a reação inicial de Arthur, que tinha pensado que aquilo poderia ser um mero golpe publicitário dos fabricantes australianos de margarina.

Então, tão repentinamente quanto havia começado, acabou-se. Os 11 robôs brancos subiram em meio à nuvem de fumaça em uma formação cerrada e entraram no interior de sua nave branca flutuante que, com o ruído de centenas de milhares de pessoas dizendo "fuop", imediatamente desapareceu no ar, da mesma forma como havia feito "uop" anteriormente.

Durante um instante houve um terrível silêncio de perplexidade e, em seguida, a figura pálida de Slartibartfast surgiu em meio à fumaça, parecendo-se ainda mais com Moisés porque, apesar da persistente ausência do monte, ao menos agora ele estava caminhando através de um imponente e fumegante campo de grama bem aparada.

Ele olhou em volta, meio perdido, até vislumbrar Arthur e Ford, que estavam abrindo caminho em meio à multidão apavorada que, nesse momento, estava ocupada correndo em pânico na direção oposta. A multidão estava claramente pensando consigo mesma sobre quão estranho aquele dia estava sendo, sem saber de fato em que direção deveria seguir, se é que deveria seguir em alguma direção.

Slartibartfast estava gesticulando desesperadamente para Ford e Arthur, gritando algo, conforme os três aos poucos convergiam na direção de sua nave, ainda estacionada atrás dos outdoors, ignorada pela multidão que corria desembestada ao redor dela e que provavelmente tinha muitos problemas próprios com os quais lidar.

– Eles grabaram solfaras finzas! – gritou Slartibartfast, com sua voz fina e trêmula.

– O que ele disse? – perguntou Ford, arfando, enquanto abria caminho à sua frente.

Arthur balançou a cabeça.

– Eles... alguma coisa – respondeu.

– Eles mesaram solfaras finzas! – gritou Slartibartfast novamente.

Ford e Arthur trocaram olhares espantados.

– Parece ser algo importante – disse Arthur. Parou e gritou: – O quê?

– Eles grabaram solfaras finzas! – gritou Slartibartfast, gesticulando para eles.

– Ele está dizendo – disse Arthur – que levaram as Cinzas. Pelo menos é o que acho. – Continuaram correndo.

– As...? – disse Ford.

– Cinzas – completou Arthur. – Os restos queimados de uma trave de críquete. É um troféu. Isso... – continuou, sem fôlego. – Aparentemente... é... o que eles... vieram pegar. – Balançou a cabeça levemente, como se tentasse fazer com que seu cérebro se fixasse na base do crânio.

– Que coisa estranha para nos dizer – retrucou Ford.

– Que coisa estranha para alguém levar.

– Que nave estranha.

Chegaram à nave. A segunda coisa estranha a respeito da nave era ver o campo de Problema de Outra Pessoa em ação. Agora podiam ver nitidamente a nave simplesmente porque sabiam que estava lá. Era óbvio, contudo, que ninguém mais a via. Não porque estivesse de fato invisível ou algo igualmente hiperimpossível. A tecnologia necessária para tornar algo invisível é tão infinitamente complexa que, em um bilhão de casos, é 999 bilhões, 999 milhões, 999 mil, 999 vezes mais simples e mais eficaz remover a coisa e esquecer o assunto. Uma vez, o ultrafamoso mago-cientista Effrafax de Wug apostou sua vida que, em um ano, seria capaz de tornar a grande megalomontanha Magramal completamente invisível.

Após passar a maior parte do ano futucando com imensas Luxoválvulas e Refratonulificadores e Espectrodefletrônicos, ele percebeu, nove horas antes do prazo final, que não ia conseguir.

Então, ele e seus amigos, e os amigos de seus amigos, e os amigos dos amigos de seus amigos, e os amigos dos amigos dos amigos de seus amigos, além de alguns outros que eram menos amigos mas que por acaso tinham uma grande empresa de transportes estelares, se lançaram naquela que é hoje amplamente reconhecida como a mais dura noite de trabalho de toda a história. Como resultado, no dia seguinte Magramal não era mais visível. Effrafax perdeu a aposta – e também a vida – apenas porque um juiz pedante notou que: (a) ao andar pela área onde Magramal deveria estar, ele não tropeçou nem quebrou o nariz em nada e (b) havia uma nova lua bastante suspeita no céu.

O campo de Problema de Outra Pessoa é muito mais simples e mais eficaz. Melhor ainda, pode funcionar durante mais de 100 anos usando uma única bateria de lanterna. Isso porque ele conta com a tendência natural das pessoas de não verem nada que não querem, que não estão esperando ou que não podem explicar. Se Effrafax tivesse pintado a montanha de rosa e gerado um simples e econômico campo de Problema de Outra Pessoa sobre ela, então as pessoas teriam passado por ela, teriam andado em torno dela ou mesmo por cima dela e jamais teriam notado que a montanha estava lá.

Era exatamente isso que estava acontecendo com a nave de Slartibartfast. Ela não era rosa, mas, se fosse, teria sido o menor de seus problemas visuais, e as pessoas continuariam ignorando-a.

O mais extraordinário a respeito dessa nave é que ela se parecia apenas em parte com uma espaçonave, com barbatanas estabilizadoras, foguetes propulsores, escotilhas de emergência, etc., e se parecia muito mais com um pequeno bistrô italiano de pernas para o ar.

Ford e Arthur olharam para ela maravilhados e profundamente ofendidos.

– É, eu sei – disse Slartibartfast, alcançando-os naquele momento, ofegante e agitado –, mas há um motivo. Venham, temos que partir. O antigo pesadelo retornou. O Fim está diante de nós. Temos que ir imediatamente.

– Espero que seja para algum lugar ensolarado – disse Ford.

Ford e Arthur entraram na nave com Slartibartfast. Ficaram tão perplexos com o que viram lá dentro que nem perceberam o que aconteceu em seguida do lado de fora.

Uma terceira nave, desta vez comprida e prateada, desceu sobre o gramado, silenciosamente, suas longas e esguias hastes desdobrando-se em um suave balé tecnológico.

Pousou com suavidade e dela saiu uma pequena rampa. Uma figura alta e cinza-esverdeada saiu lá de dentro, andando rapidamente, e aproximou-se do pequeno grupo de pessoas que estavam no centro do campo cuidando dos feridos do recente e bizarro massacre. Foi afastando as pessoas com uma autoridade calma e controlada, até chegar a um homem que estava deitado em meio a uma poça de sangue, em seus últimos estertores, claramente além das possibilidades da medicina terráquea. A figura ajoelhou-se pacificamente ao seu lado.

– Arthur Philip Deodat? – perguntou.

O homem, com os olhos tomados por uma terrível confusão, assentiu debilmente.

– Você é um mísero paspalhão imprestável – sussurrou a criatura. – Achei que deveria saber disso antes de morrer.

capítulo 5

Fatos importantes extraídos da *História Galáctica*, número dois:

(Reproduzido do *Livro de História Galáctica Popular do Siderial Daily Mentioner's*.)

Desde que esta Galáxia surgiu, vastas civilizações cresceram e desapareceram, cresceram e desapareceram, cresceram e desapareceram tantas vezes que é muito tentador pensar que a vida na Galáxia deve ser (a) similar a um enjôo marítimo, espacial, temporal, histórico ou similar e (b) imbecil.

capítulo 6

Pareceu a Arthur que todo o céu subitamente se afastara para lhes dar passagem.

Pareceu-lhe que os átomos de seu cérebro e os átomos do cosmos estavam fluindo uns através dos outros.

Pareceu-lhe que estava sendo soprado pelo vento do Universo e que o vento era ele.

Pareceu-lhe que era um dos pensamentos do Universo e que o Universo era um de seus pensamentos.

Pareceu a quem estava no Lord's Cricket Ground que outro restaurante da região norte de Londres havia surgido e sumido, como freqüentemente ocorria, e que isso era um Problema de Outra Pessoa.

– O que aconteceu? – murmurou Arthur, muito admirado.

– Decolamos – disse Slartibartfast.

Arthur ficou sentado, imóvel e comovido, no assento de vôo. Não sabia ao certo se havia ficado enjoado ou religioso.

– Bela máquina – disse Ford, numa tentativa malsucedida de disfarçar quão impressionado havia ficado com o que a nave de Slartibartfast acabara de fazer –, pena que a decoração seja tão ruim.

O velho não respondeu imediatamente. Estava olhando para um grupo de instrumentos com a cara de quem está tentando converter graus Fahrenheit para Celsius de cabeça enquanto sua casa está pegando fogo. Então sua face se descontraiu e ele olhou por alguns instantes a enorme tela panorâmica à sua frente, que mostrava uma complexidade espantosa de estrelas fluindo como fios de prata ao redor deles.

Seus lábios se moveram como se fosse dizer algo. Subitamente, olhou, tenso, para seus instrumentos, mas depois franziu a testa e sua expressão se fixou. Olhou de volta para a tela. Mediu seu próprio pulso. Franziu ainda mais a testa por alguns instantes, depois relaxou.

– É um erro tentar entender as máquinas – disse ele –, apenas me deixam mais preocupado. O que você disse?

– A decoração – repetiu Ford. – É lamentável.

– No fundo do coração fundamental da mente e do Universo – disse Slartibartfast – há uma razão.

Ford olhou em volta, curioso. Ele realmente achava aquilo uma visão otimista das coisas.

O interior da cabine de comando era verde-escuro, vermelho-escuro, marrom-escuro, entulhado de coisas e com uma iluminação suave. Inexplicavelmente, a semelhança com um bistrô italiano não havia terminado ao cruzarem a escotilha. Pequenos focos de luz delineavam vasos de plantas, azulejos vitrificados e uma multiplicidade de pequenos objetos metálicos.

Medonhas garrafas envolvidas em ráfia se escondiam nas sombras.

Os instrumentos nos quais Slartibartfast estivera concentrado pareciam ter sido montados no fundo de garrafas enfiadas em concreto.

Ford estendeu a mão e tocou o concreto.

Era falso. Plástico. Garrafas falsas enfiadas em concreto falso.

"O fundo do coração fundamental da mente e do Universo que se dane", pensou consigo mesmo, "isso aqui é um lixo." Por outro lado, não podia negar que a nave havia se movido de uma forma que fazia a Coração de Ouro parecer um carrinho de bebê elétrico.

Levantou-se de seu assento. Espanou a roupa. Olhou para Arthur, que estava cantarolando baixinho em um canto. Olhou para a tela e não reconheceu nada. Olhou para Slartibartfast.

– Quanto já viajamos?

– Cerca de... – respondeu Slartibartfast – cerca de dois terços do caminho através do disco galáctico, eu diria, aproximadamente. Sim, cerca de dois terços, acho.

– É tão estranho – disse Arthur, baixinho – que, quanto mais longe e mais rápido viajamos pelo Universo, mais a nossa posição dentro dele pareça ser absolutamente imaterial, e isso nos preencha com um profundo, ou melhor, nos esvazie de um...

– Sim, é muito estranho – disse Ford. – Para onde estamos indo?

– Estamos indo – respondeu Slartibartfast – confrontar um antigo pesadelo do Universo.

– E onde você pretende nos deixar??

– Vou precisar da ajuda de vocês.

– Difícil. Olhe, há um lugar aonde você pode nos levar para nos divertirmos – ainda estou pensando onde, exatamente – e daí podemos ficar bêbados e ouvir uma música bem diabólica. Peraí, vou achar algo. – Pegou sua cópia do *Guia do Mochileiro das Galáxias* e passou os olhos pelo índice, concentrando-se nas partes que tinham a ver com sexo, drogas e rock'n'roll.

– Uma maldição se levantou das névoas do tempo – disse Slartibartfast.

– É, creio que sim – disse Ford. – Ei – disse, selecionando por acaso uma entrada em particular –, Eccentrica Gallumbits, você já esteve com ela? A prostituta de três seios de Eroticon 6. Algumas pessoas dizem que suas zonas erógenas começam a uns seis quilômetros de seu corpo. Pessoalmente, discordo, acho que são oito.

– Uma maldição – disse Slartibartfast – que irá mergulhar a Galáxia em fogo e destruição e possivelmente levar o Universo a um fim prematuro. Não estou exagerando – acrescentou.

– Parece mesmo que a barra vai pesar – disse Ford –, então, com um pouco de sorte, vou estar suficientemente bêbado para não notar. Aqui – disse, enfiando o dedo na tela do *Guia* –, esse seria um lugar realmente devasso para irmos, e acho que é para onde devemos ir. O que você me diz, Arthur? Pare de cantar mantras e preste atenção. Você está perdendo coisas importantes.

Arthur levantou-se do sofá e sacudiu a cabeça.

– Aonde estamos indo? – disse.

– Confrontar um antigo pesa...

– Fecha a matraca – disse Ford. – Arthur, vamos sair por aí, pela Galáxia, para nos divertir. Você consegue conviver com isso?

– Por que Slartibartfast está tão ansioso? – perguntou Arthur.

– Não é nada – disse Ford.

– O Fim de Tudo – disse Slartibartfast. – Venham – acrescentou, com um tom subitamente autoritário –, há muitas coisas que preciso lhes contar e lhes mostrar.

Andou em direção a uma escada em espiral, feita de ferro e pintada de verde, incompreensivelmente colocada no meio da cabine de comando, e começou a subir. Arthur franziu a testa e foi atrás dele.

Ford jogou o *Guia* de volta em sua mochila, irritado.

– Meu médico diz que tenho uma glândula de senso de dever malformada, além de uma deficiência natural em fibras morais – grunhiu para si mesmo – e portanto estou dispensado de salvar Universos.

Apesar disso, subiu as escadas atrás deles.

O que encontraram no andar de cima era simplesmente obtuso, ou pelo menos assim parecia, e Ford sacudiu a cabeça, cobriu o rosto com as mãos e esbarrou em um vaso de plantas, jogando-o contra a parede.

– Esta é a área central de computação – disse Slartibartfast, impassível –, onde são realizados todos os cálculos que afetam a nave de alguma forma. É, eu sei com o que isso se parece, mas, na verdade, é um complexo mapa topográfico em quatro dimensões de uma série de funções matemáticas altamente complexas.

– Parece mais uma piada – disse Arthur.

– Eu sei com o que se parece – disse Slartibartfast, entrando.

Exatamente quando ele entrou, Arthur teve uma súbita e vaga sensação do que aquilo podia significar, mas se recusou a acreditar nela. "O Universo não podia funcionar daquela forma, não podia", pensou. "Aquilo", pensou consigo mesmo, "seria tão absurdo quanto... quanto..." E decidiu terminar aí sua linha de raciocínio. Em sua maioria, as coisas realmente absurdas nas quais podia pensar já haviam acontecido.

Aquela era uma delas.

Era uma grande gaiola de vidro, ou uma caixa – na verdade, um quarto.

Dentro havia uma mesa bem longa. Em volta da mesa estavam espalhadas cerca de 12 cadeiras de madeira, do tipo austríacas. Sobre a mesa havia uma toalha quadriculada vermelha e branca, suja, com algumas marcas de cigarro, cada uma das quais, presumivelmente, estava em um local matematicamente determinado com grande precisão.

Sobre essa toalha estavam colocados alguns pratos italianos comidos pela metade, cercados por pedaços de pão comidos pela metade e copos de vinho bebidos pela metade, todos incessantemente manuseados por robôs.

Tudo ali era artificial. Os clientes robôs eram atendidos por um garçom robô, um sommelier robô e um maître robô. Os móveis eram artificiais, a toalha de mesa era artificial e cada um dos pedaços de comida era claramente capaz de exibir todas as características mecânicas de, digamos, um *pollo sorpreso*, sem de fato ser um.

E todos participavam juntos de uma pequena dança: uma coreografia complexa envolvendo a manipulação de menus, talões de pedidos, carteiras, talões de cheques, cartões de crédito, relógios, lápis e guardanapos de papel, que parecia estar o tempo todo beirando o limite da violência, sem nunca chegar a lugar algum.

Slartibartfast entrou apressado e depois pareceu trocar amenidades tranqüilamente com o maître, enquanto um dos clientes robôs, um auto-Rory, escorregou lentamente para baixo da mesa, enquanto mencionava para um rapaz o que pretendia fazer com uma garota.

Slartibartfast sentou-se na cadeira que acabara de vagar e deu uma olhada atenta no menu. O ritmo da coreografia pareceu acelerar-se imperceptivelmente. Surgiam discussões e as pessoas tentavam provar coisas usando guardanapos. Gesticulavam ferozmente umas para as outras e tentavam examinar os pedaços de galinha uns dos outros. A mão do garçom começou a mover-se sobre o talão de pedidos muito mais rápido do que qualquer mão humana seria capaz, e depois mais rápido do que um olho humano poderia acompanhar. O ritmo se acelerou. Logo uma extraordinária e insistente polidez tomou conta do grupo e, segundos depois, pareciam ter atingido um consenso. Uma nova vibração espalhou-se pela nave.

Slartibartfast saiu da sala de vidro.

– Bistromática – disse. – O maior poder computacional conhecido nos domínios da paraciência. Venham comigo até a Sala de Ilusões Informacionais.

Slartibartfast passou e eles o seguiram, perplexos.

capítulo 7

O Propulsor Bistromático é um novo e maravilhoso método de cruzar vastas distâncias interestelares sem todo o perigo envolvido em ficar mexendo com Fatores de Improbabilidade.

A Bistromática em si é apenas uma nova e revolucionária forma de entender o comportamento dos números. Assim como Einstein observou que o tempo não era absoluto, mas algo que dependia do movimento de um observador no espaço, e que o espaço não era absoluto, mas dependia do movimento do observador no tempo, hoje sabemos que os números não são absolutos, mas dependem do movimento do observador nos restaurantes.

O primeiro número não-absoluto é o número de pessoas para quem a mesa está reservada. Ele irá variar no decorrer das primeiras três ligações para o restaurante e depois não apresentará nenhuma relação aparente com o número de pessoas que realmente estarão presentes, ou com o número de pessoas que irão se juntar a elas depois do show, partida, festa, filme, ou ainda com o número de pessoas que irão embora ao ver quem mais apareceu por lá.

O segundo número não-absoluto é a hora real de chegada. Este número é hoje conhecido como um dos mais bizarros conceitos matemáticos, uma reciproversexclusão, um número cuja existência só pode ser definida como sendo qualquer outra coisa diferente de si mesmo. Em outras palavras, a hora real de chegada é o único momento no tempo no qual é impossível que qualquer participante do grupo chegue de fato. A reciproversexclusão tem, atualmente, um papel vital em diversos campos da matemática, incluindo a estatística e contabilidade, além de fazer parte das equações básicas usadas na engenharia dos campos de Problema de Outra Pessoa.

O terceiro e mais misterioso não-absolutismo de todos diz respeito à relação entre o número de itens na conta, o valor de cada item e o número de pessoas na mesa, assim como quanto cada uma delas está disposta a pagar. (O número de pessoas que trouxeram algum dinheiro é apenas um subfenômeno desse campo.)

As assombrosas discrepâncias que costumavam ocorrer nesse ponto passaram décadas sem ser estudadas simplesmente porque ninguém as levou a sério. No passado, as pessoas diziam que essas coisas eram causadas pela educação, falta de educação, avareza, desejo de aparecer, emotividade ou simplesmente porque já era tarde, e tudo era esquecido na manhã seguinte. Nunca foram feitos testes em laboratório, é claro, porque nada disso acontecia nos laboratórios – pelo menos não em laboratórios de boa reputação.

Foi apenas com o surgimento dos computadores de bolso que a espantosa verdade finalmente se tornou evidente. Era a seguinte:

Os números escritos em contas de restaurantes dentro dos confins de restaurantes não seguem as mesmas leis que os números escritos em qualquer outro tipo de papel em outros lugares do Universo.

Esse fato singelo causou enorme alvoroço no mundo científico. Foi uma revolução completa. Realizaram-se tantas conferências matemáticas em bons restaurantes que as mentes mais brilhantes de toda uma geração morreram de obesidade e doenças cardíacas, retardando os progressos da matemática em alguns anos.

Aos poucos, contudo, as implicações dessa idéia começaram a ser entendidas. No início a coisa toda era muito radical, muito doidona, o tipo de coisa que faria uma pessoa normal dizer: "Sim, claro, exatamente o que eu teria dito." Então inventaram algumas frases como "Frameworks de Subjetividade Interativa" e, a partir daí, as pessoas relaxaram e puderam levar adiante a teoria.

Os pequenos grupos de monges que começaram a se reunir nos principais institutos de pesquisa entoando estranhos cânticos dizendo que o Universo era apenas um produto de sua própria imaginação acabaram recebendo verbas para pesquisa teatral e foram embora.

capítulo 8

– Nas viagens espaciais, vocês sabem – disse Slartibartfast, enquanto mexia em alguns instrumentos na Sala de Ilusões Informacionais –, nas viagens espaciais...

Parou e deu uma olhada em volta.

A Sala de Ilusões Informacionais era um alívio para os olhos após as monstruosidades da área central de computação. Não havia nada lá. Nenhuma informação, nenhuma ilusão – apenas eles, as paredes brancas e alguns pequenos instrumentos que deveriam aparentemente ser ligados em algo que Slartibartfast não conseguia encontrar.

– Sim? – perguntou Arthur. Ele captou o sentido de urgência de Slartibartfast, mas não tinha idéia do que fazer com ele.

– Sim o quê? – perguntou o velho.

– O que você estava dizendo?

Slartibartfast encarou-o.

– Os números – disse então – são terríveis. – Continuou procurando algo.

Arthur concordou, com um ar de sabedoria. Depois de algum tempo percebeu que aquilo não o levaria a lugar algum e decidiu que deveria dizer "o quê?" novamente.

– Nas viagens espaciais – repetiu Slartibartfast – todos os números são terríveis.

Arthur assentiu novamente, olhando em volta para ver se Ford o ajudava, mas Ford estava praticando a arte de ficar ranzinza e se saindo muito bem nisso.

– Estava apenas tentando evitar que você se desse ao trabalho de me perguntar por que todos os cálculos da nave estavam sendo feitos no talão de um garçom – disse Slartibartfast finalmente, com um suspiro.

Arthur não entendeu.

– Por que – perguntou ele – todos os cálculos da nave estavam sendo feitos no talão de...

Parou.

Slartibartfast retrucou:

– Porque nas viagens espaciais todos os números são terríveis.

Percebeu que não estava conseguindo se fazer entender.

– Preste atenção – disse. – No talonário de um garçom, os números mudam o tempo todo. Você já deve ter percebido.

– Bem...

– No talonário de um garçom – continuou Slartibartfast –, realidade e irrealidade colidem em um nível tão fundamental que as duas se fundem e qualquer coisa se torna possível, dentro de certos parâmetros.

– Quais?

– É impossível dizer – disse Slartibartfast. – Este é um deles. Estranho, mas verdadeiro. Pelo menos eu acho que é estranho – acrescentou – e me garantiram que é verdadeiro.

Ele finalmente localizou na parede o orifício que estava procurando e inseriu o instrumento que segurava.

– Não tenham medo – disse, e subitamente ele mesmo pareceu se assustar com o instrumento, pulando para trás –, é que...

Não ouviram o que ele disse porque naquele momento a nave piscou e sumiu ao redor deles e uma astronave de combate do tamanho de uma cidade industrial surgiu cortando a noite na direção deles, disparando seus lasers estelares.

capítulo 9

Outro mundo, outro dia, outro amanhecer.

O primeiro tênue raio de luz matinal apareceu sem alarde.

Muitos bilhões de trilhões de toneladas de núcleos de hidrogênio superaquecidos explodindo se levantaram aos poucos sobre o horizonte e conseguiram parecer pequenos, frios e ligeiramente úmidos.

Há um momento em cada amanhecer no qual a luz parece flutuar e tudo parece mágico. A criação prende a respiração.

O momento passou sem incidentes, como habitualmente ocorre em Squornshellous Zeta.

A névoa aderia à superfície dos pântanos, acinzentando as nissáceas e borrando os altos juncos. Pairava estática como uma respiração presa.

Nada se movia.

Silêncio.

O sol lutou sem convicção com a névoa, tentando gerar um pouco de calor aqui, irradiar um pouco de luz ali, mas claramente aquele dia seria outro penoso percurso através do céu.

Nada se movia.

Novamente silêncio.

Nada se movia.

Silêncio.

Em Squornshellous Zeta, freqüentemente dias inteiros transcorriam assim, e, de fato, parecia que seria mais um deles.

Quatorze horas mais tarde o sol afundou no horizonte oposto, desanimado, sentindo que todo o seu esforço fora em vão.

Algumas horas depois reapareceu, ajeitou os ombros e começou a galgar o céu novamente.

Desta vez, contudo, algo estava acontecendo. Um colchão havia acabado de encontrar um robô.

– Oi, robô – disse o colchão.

– Bah – respondeu o robô, continuando com o que estava fazendo, que era se arrastar, penosa e vagarosamente, em um círculo muito pequeno.

– Feliz? – perguntou o colchão.

O robô parou e lançou um olhar interrogativo para o colchão. Era claramente um colchão muito idiota. O colchão retornou um olhar arregalado.

Depois de calcular, com precisão de dez casas decimais, a duração exata da pausa que mais provavelmente transmitiria um total desprezo por todas as criaturas colchonéticas, o robô continuou a andar em pequenos círculos.

– Poderíamos conversar – disse o colchão. – Você gostaria de conversar?

Era um colchão grande e provavelmente de alta qualidade. Pouquíssimas coisas são fabricadas hoje em dia, já que, em um Universo infinitamente grande – tal como, por exemplo, aquele em que vivemos –, a maioria das coisas que se possa imaginar e muitas outras coisas, que no geral é preferível não imaginar, crescem em algum lugar. (Recentemente foi descoberta uma floresta onde muitas das árvores dão frutos que são chaves de catraca. O ciclo de vida do fruto de chaves de catraca é bem interessante. Uma vez colhido, é necessário guardá-lo dentro de uma gaveta escura e poeirenta na qual possa permanecer esquecido durante anos. Então, uma noite ele eclode, livrando-se de sua casca externa, que se desfaz em pó, e ressurge como um pequeno objeto de metal impossível de ser identificado, com roscas nas duas pontas e uma espécie de sulco e uma espécie de buraco para parafusos. Quando encontrado, esse objeto será jogado fora. Ninguém sabe o que o fruto tem a ganhar com isso. A Natureza, em sua infinita sabedoria, possivelmente está trabalhando no assunto.)

Ninguém sabe tampouco o que os colchões têm a ganhar com suas vidas. São criaturas grandes, amigáveis e cheias de molas que levam vidas tranqüilas e pacatas nos pântanos de Squornshellous Zeta. Muitos são capturados, cruelmente mortos, secados, despachados e usados para as pessoas dormirem. Nenhum deles parece se importar com isso e todos se chamam Zem.

– Não – respondeu Marvin.

– Meu nome – prosseguiu o colchão – é Zem. Poderíamos falar um pouco sobre o tempo, talvez.

Marvin fez outra pausa em sua penosa marcha circular.

– O orvalho – observou – realmente caiu com um ruído particularmente detestável esta manhã.

Continuou a andar como se aquele ímpeto comunicativo o tivesse inspirado a atingir revigorantes patamares de melancolia e desânimo. Ele arrastou-se obstinadamente. Se tivesse dentes, poderia rangê-los naquele momento. Não tinha. Não podia. O simples ato de se arrastar já dizia tudo.

O colchão flopolou em volta. Só colchões vivos em pântanos são capazes de fazer isso, o que explica por que a palavra não é usada mais freqüentemente. Ele flopolou de forma simpática, movendo uma boa quantidade de água ao fazê-lo. Soprou algumas bolhas na água por diversão. Suas listras azuis e brancas brilharam rapidamente em um raio de sol que, inesperadamente, havia conseguido atravessar a névoa, fazendo com que a criatura se aquecesse por um instante.

Marvin arrastou-se.

– Você está pensando em alguma coisa, não é? – disse o colchão, flupidamente.

– Muito mais do que você seria capaz de imaginar – disse Marvin, pesaroso. – Minha capacidade para atividades mentais de todos os tipos é tão ilimitada quanto a infinita imensidão do próprio espaço. Exceto, claro, no que diz respeito à minha capacidade de ser feliz.

Tunc, tunc, prosseguiu ele.

– Minha capacidade para ser feliz – acrescentou – poderia ser colocada numa caixa de fósforos, sem tirar os fósforos antes.

O colchão gotejamingou. Este é o ruído feito por um colchão vivo em seu habitat natural, o pântano, quando profundamente tocado por uma história de tragédia pessoal. A palavra também pode significar, de acordo com O *Dicionário Maximegalon Ultracompleto de Todas as Línguas Desde Sempre,* o ruído feito pelo Lorde High Sanvalvwag de Hollop ao descobrir que havia se esquecido do aniversário de sua mulher pelo segundo ano consecutivo. Já que houve um único Lorde High Sanvalvwag de Hollop e como ele nunca se casou, a palavra só é usada com um sentido negativo ou especulativo, e tem crescido o número de pessoas que acreditam que o *Dicionário Maximegalon* não vale a frota de caminhões necessária para transportar sua edição microarmazenada. Mais curioso ainda é o fato de que o dicionário omite a palavra "flupidamente", que significa apenas "de forma flúpida".

O colchão gotejamingou novamente.

– Posso sentir um profundo desalento em seus diodos – ele voluiu (para saber o significado de "voluir", compre uma cópia do *Jargão dos Pântanos de Squornshellous* em qualquer sebo ou, se preferir, compre o *Dicionário Maximegalon Ultracompleto,* já que a Universidade de Maximegalon certamente ficaria feliz em se livrar dele e voltar a usar um enorme espaço de seu estacionamento) – e isso me deixa triste. Você deveria ser mais colchonesco. Levamos vidas tranqüilas e pacatas nos pântanos e nos contentamos em flopolar e voluir e observar a umidade com grande flupidez. Alguns de nós são mortos, mas, como todos nos chamamos Zem, então nunca sabemos quem foi e, assim, gotejamingamos muito pouco. Por que você está andando em círculos?

– Porque minha perna está com defeito – respondeu Marvin, seco.

– Me parece – disse o colchão, penalizado – que é uma perna bem ruinzinha.

– Você está certo – disse Marvin. – De fato é.

– Vuum – respondeu o colchão.

– Espero que sim – disse Marvin – e também espero que você ache muito engraçada a idéia de um robô com uma perna artificial. Você deveria contar isso quando encontrar seus amigos Zem e Zem mais tarde. Eles irão achar graça, se os conheço bem, mas obviamente não os conheço, a não ser na exata medida que conheço todas as formas de vida orgânica, ou seja, muito mais do que eu gostaria. Ah, mas a minha vida nada é senão uma caixa de engrenagens sem fim.

Ele continuou estompeando em torno de seu pequeno círculo, em torno de sua fina perna, uma estaca de metal que se arrastava na lama, mas ainda assim parecia emperrada.

– Mas por que você continua a andar em círculos? – perguntou o colchão.

– Só para deixar isso bem claro – disse Marvin, que continuou girando.

– Está claro, prezado amigo – flurbulou o colchão –, está bem claro.

– Só por mais alguns milhões de anos – disse Marvin –, uns poucos milhões. Depois vou tentar andar para trás. Para variar um pouco, entende.

O colchão podia sentir, no mais profundo de suas molas, que o robô queria muito que lhe perguntassem há quantos anos estava marchando daquela forma fútil e infrutífera. Foi o que ele fez, com outra flurbulação silenciosa.

– Há pouco tempo passei da marca de 1,5 milhão de anos – disse Marvin, aéreo. – Pergunte-me se em algum momento me sinto chateado, vamos, pergunte-me.

O colchão perguntou.

Marvin ignorou a pergunta, apenas se arrastou com mais determinação.

– Fiz um discurso uma vez – disse ele, do nada, e aparentemente sem qualquer conexão com o assunto. – Você talvez não entenda por que estou tocando neste assunto, mas é só porque minha mente funciona tão fenomenalmente rápido e sou, em uma estimativa genérica, 30 bilhões de vezes mais inteligente que você. Deixe-me lhe dar um exemplo. Pense em um número, qualquer número.

– Ahn... cinco – disse o colchão.

– Errado – respondeu Marvin. – Você entende agora?

O colchão ficou muito impressionado por isso e percebeu que estava na presença de uma mente invulgar. Ele uilomeou ao longo de todo o seu corpo, gerando pequenas ondulações excitadas ao longo de sua poça coberta por algas.

Glupou.

– Conte-me – pediu, animado – sobre o seu discurso, eu adoraria ouvi-lo.

– Foi muito mal recebido – disse Marvin –, por uma série de motivos. Eu fiz esse discurso a cerca de um quilômetro e meio naquela direção – acrescentou, fazendo uma pausa numa tentativa de apontar que resultou num gesto estranho com seu braço que não estava exatamente bem. O seu braço que estava melhor era o que estava deprimentemente soldado a seu lado esquerdo.

Estava apontando tão bem quanto podia, e obviamente queria deixar bem claro que aquilo era o melhor que podia fazer, através da névoa, sobre os juncos, indicando uma parte do pântano que se parecia exatamente com qualquer outra parte do pântano.

– Ali – repetiu. – Eu era uma espécie de celebridade na época.

O colchão foi tomado por grande excitação. Nunca tinha ouvido falar que alguém tivesse feito um discurso em Squornshellous Zeta, sobretudo não uma celebridade. Gotas d'água respingaram dele enquanto um tremor de excitação gluriou por suas costas.

Ele fez algo que os colchões muito raramente se dão ao trabalho de fazer. Reunindo cada átomo de sua força, ele curvou seu corpo retangular, elevou-o no ar e o manteve tremendo por lá durante alguns segundos enquanto tentava olhar, através da névoa, sobre os juncos, na direção do pântano que havia sido indicada por Marvin, notando, sem nenhum desapontamento, que era exatamente igual a qualquer outra parte do pântano. Foi esforço demais, e ele acabou flogando de volta em sua poça, encharcando Marvin com uma lama fedorenta, musgo e ervas daninhas.

– Eu fui uma celebridade – prosseguiu o robô em tom monocórdio – durante um curto período de tempo devido à minha miraculosa escapada (da qual muito me ressinto) de um destino quase tão bom quanto a morte no coração de um sol resplandecente. Você pode perceber, olhando para a minha condição atual – acrescentou –, por quão pouco escapei. Fui salvo por um vendedor de ferro-velho, imagine só. Aqui estou, com um cérebro do tamanho de um... ah, deixa pra lá.

Arrastou-se novamente por mais algum tempo.

– Foi ele que me arrumou esta perna. Odiosa, não é? Me vendeu para um Zoológico Mental. Eu era a estrela da exposição. Tinha que ficar sentado em uma caixa e contar a minha história enquanto as pessoas me diziam para me animar e pensar de forma positiva. "Dê um sorriso, robozinho", gritavam eles, "dê uma risada." Nessa hora eu geralmente explicava que, para fazer meu rosto sorrir, levaria algumas horas em uma oficina com um alicate, o que resolvia bem a situação.

– O discurso – insistiu o colchão. – Quero muito ouvir o discurso que você deu no pântano.

– Uma ponte ia ser construída através dos pântanos. Era uma hiperponte ciberestruturada, com centenas de quilômetros de extensão, para carregar carroças iônicas e transportes de cargas por cima do pântano.

– Uma ponte? – inquirulou o colchão. – Aqui no pântano?

– Sim, uma ponte – confirmou Marvin –, aqui no pântano. A idéia é que ela revitalizasse a economia do Sistema de Squornshellous. Dedicaram todos os recursos da economia do Sistema de Squornshellous para construí-la. E me pediram para inaugurá-la. Pobres tolos.

Uma chuva fina começou a cair através da névoa.

– Lá estava eu na plataforma. Por centenas de quilômetros à minha frente e centenas de quilômetros atrás de mim estendia-se a ponte.

– Ela reluzia? – perguntou o colchão, entusiasmado.

– Sim, reluzia.

– Atravessava as milhas majestosamente?

– Sim, atravessava as milhas majestosamente.

– Alongava-se como um fio de prata até se tornar invisível em meio à névoa?

– Sim – disse Marvin. – Você quer ou não ouvir a história?

– Quero ouvir o seu discurso – respondeu o colchão.

– Eis o que eu disse. Disse: "Gostaria de dizer que é um grande prazer, uma enorme honra e um privilégio para mim inaugurar esta ponte, mas não posso fazer isso porque todos os meus circuitos de falsidade estão fora de ação. Eu odeio e desprezo todos vocês. A partir deste momento, declaro esta miserável ciberestrutura aberta aos abusos inimagináveis de todos aqueles que irão petulantemente cruzá-la." Em seguida me conectei aos circuitos de abertura.

Marvin fez uma pausa enquanto se lembrava da ocasião.

O colchão flureou e gluriou. Ele flopolou, glupou e uilomeou de uma forma particularmente flúpida.

– Vuum – vurfou por fim. – E foi uma ocasião magnífica?

– Razoavelmente magnífica. A ponte de 1.500 quilômetros, em toda a sua extensão, espontaneamente redobrou-se em sua cintilante travessia e submergiu, chorando, no lodo, levando todos junto com ela.

Houve uma triste e terrível pausa neste ponto da conversa, durante a qual a 100 mil pessoas pareceram ter dito "uop" inesperadamente e um time de robôs brancos desceu do céu como sementes de dentes-de-leão esvoaçando pelo vento em formação militar cerrada. Durante um curto e violento momento estavam todos lá, no pântano, arrancando a perna falsa de Marvin e, logo em seguida, estavam de volta em sua nave, que fez "fuop".

– Você entende o tipo de coisa que tenho que aturar? – disse Marvin para o colchão goberingante.

Então, logo em seguida, os robôs voltaram para outro incidente violento e, desta vez, quando partiram, o colchão estava sozinho no pântano. Ele flopolou em volta, perplexo e assustado. Quase lurglou de medo. Suspendeu a si mesmo para ver por cima dos juncos, mas não havia nada para ver a não ser mais juncos. Prestou atenção aos sons, mas o único som vindo com o vento era o já familiar ruído de alguns etimologistas semi-enlouquecidos gritando à distância, uns para os outros, através do lodo fedorento.

capítulo 10

O corpo de Arthur Dent girou.

O Universo se estilhaçou em um milhão de fragmentos reluzentes em volta dele e cada um dos cacos girou silenciosamente pelo vazio, refletindo em sua superfície prateada um único e causticante holocausto de fogo e destruição.

E então a escuridão por trás do Universo explodiu, e cada pedaço de escuridão era a furiosa fumaça do inferno.

E por trás da escuridão por trás do Universo irrompeu o vazio, e por trás do vazio por trás da escuridão por trás do Universo estilhaçado surgiu enfim a sombria figura de um homem imenso proferindo imensas palavras.

– Essas, então – disse a figura, sentada em uma cadeira imensamente confortável –, foram as Guerras de Krikkit, a maior devastação que já tomou conta de nossa Galáxia. O que vocês acabaram de vivenciar...

Slartibartfast passou flutuando e gesticulando.

– É só um documentário – gritou. – Essa não é a parte legal. Mil desculpas, estou procurando o botão de *rewind*...

– ...foi aquilo que bilhões de bilhões de inocentes...

– Em hipótese alguma – gritou Slartibartfast, flutuando para o outro lado e mexendo furiosamente na coisa que ele havia enfiado na parede da Sala de Ilusões Informacionais e que continuava enfiada lá – aceitem comprar o que quer que seja agora.

– ...pessoas, criaturas, seres semelhantes a vocês...

A trilha sonora cresceu. Também a música era imensa, com acordes imensos. E por trás do homem, lentamente, três altos pilares começaram a emergir da névoa imensamente turbilhonante.

– ...vivenciaram ou, na maioria dos casos, não foram capazes de vivenciar até o fim. Pensem nisso, meus amigos. Não devemos nunca nos esquecer – e em breve irei sugerir uma forma de nos ajudar a lembrar para sempre disso – de que antes das Guerras de Krikkit a Galáxia era um lugar precioso e maravilhoso, uma Galáxia feliz!

A esta altura, a música estava transbordando de imensidão.

– Uma Galáxia feliz, meus amigos, representada pelo símbolo do Portal de Wikkit!

Os três pilares destacavam-se em primeiro plano agora, três pilares com duas traves colocadas horizontalmente sobre eles de uma forma que parecia estupendamente familiar para o cérebro aturdido de Arthur.

– Os três Pilares – disse triunfalmente o homem. O Pilar de Aço, que representava a Força e o Poder da Galáxia!

Refletores foram acionados e dançavam loucamente para cima e para baixo do pilar da esquerda, claramente feito de aço ou algo muito parecido com aço. A música tonitruou estrondosamente.

– O Pilar de Acrílico – anunciou o homem – representando as forças da Ciência e da Razão na Galáxia.

Outros refletores se projetaram exoticamente sobre o pilar transparente à direita, gerando padrões deslumbrantes dentro dele e gerando também um súbito e inexplicável desejo de tomar sorvete no estômago de Arthur.

– E – bradou a voz – o Pilar de Madeira, representando... – nesse ponto sua voz tornou-se suavemente rouca e cheia de sentimento – as forças da Natureza e da Espiritualidade.

As luzes focaram o pilar central. A música ascendeu destemidamente ao reino da completa indescritibilidade.

– Entre elas estão apoiadas – retumbou a voz, próxima do auge – a Trave Dourada da Prosperidade e a Trave Prateada da Paz!

Agora a estrutura inteira estava inundada por luzes deslumbrantes, e a música havia, felizmente, ultrapassado em muito os limites da compreensão. No topo dos três pilares estavam assentadas as duas traves lindamente reluzentes. Parecia haver garotas sentadas nelas, ou talvez fossem anjos. Anjos, contudo, geralmente são representados usando mais roupas.

Subitamente um silêncio dramático percorreu o que presumivelmente era o Cosmos, e as luzes diminuíram.

– Não há um único mundo – anunciou o homem, com voz de profundo conhecedor do assunto –, um único mundo civilizado em toda a Galáxia onde este símbolo não seja reverenciado até hoje. Mesmo nos planetas mais primitivos, ele persiste na memória coletiva. Foi isto que as forças de Krikkit destruíram e é isto que atualmente mantém seu planeta trancado até o fim da eternidade.

Com um floreio, o homem fez surgir em suas mãos um modelo do Portal de Wikkit. Era extremamente difícil ter uma noção de escala em meio àquele espetáculo extraordinário, mas o modelo parecia ter quase um metro de altura.

– Esta não é a chave original, é claro. Ela foi, como todos sabem, destruída, jogada nos turbilhonantes zéfiros do contínuo espaço-temporal e perdida para sempre. O que temos aqui é uma réplica minuciosa, feita à mão por hábeis artesãos, carinhosamente manufaturada usando antigos segredos para criar uma lembrança que vocês terão orgulho em guardar, uma lembrança em memória daqueles que caíram, um tributo à Galáxia – à nossa Galáxia –, em defesa da qual deram suas vidas...

Slartibartfast flutuou novamente nesse ponto.

– Finalmente encontrei – disse. – Podemos passar todo esse lixo. Apenas não acenem, só isso.

– Agora, vamos inclinar nossas cabeças em pagamento – entoou a voz, antes de dizer tudo de novo, só que bem mais rápido e ao contrário.

As luzes dançaram, os pilares desapareceram, o homem tagarelou consigo mesmo retrocedendo no vazio e o Universo reconstruiu-se com um estalo em torno deles.

– Pegaram o sentido da coisa? – perguntou Slartibartfast.

– Estou estupefato – disse Arthur – e perplexo.

– Estava dormindo – disse Ford, que flutuou na frente deles naquele momento. – Perdi alguma coisa?

Encontraram-se mais uma vez cambaleando bem rapidamente na beira de um precipício aflitivamente alto. O vento varria seus rostos e percorria uma baía na qual os restos de uma das maiores e mais poderosas frotas de naves de guerra já reunidas na Galáxia estava velozmente se queimando de volta à existência. O céu era de uma cor rosa-acinzentada, passando depois para uma cor bastante peculiar e escurecendo até ficar azul e, finalmente, preto. Um turbilhão de fumaça subia com uma rapidez impressionante.

Os eventos agora retrocediam quase rápido demais para serem distinguidos e quando, pouco tempo depois, um imenso cruzador estelar afastou-se rapidamente deles, como se tivessem gritado "buuu", só puderam reconhecê-lo porque haviam começado a assistir à projeção naquele ponto.

Agora as coisas passavam depressa demais, um borrão videotáctil que os sacudia e espanava através de séculos de história galáctica, girando, revirando, piscando. O único som era um pequeno sibilar trêmulo.

Periodicamente, em meio à crescente massa de eventos, podiam sentir catástrofes gigantescas, profundos horrores, choques cataclísmicos, todos eles sempre associados a algumas imagens recorrentes, as únicas imagens que surgiam claramente em meio à avalanche de história: um portal de *wicket*, uma bolinha vermelha e dura, robôs brancos e duros, além de uma outra coisa menos distinta, algo envolto em sombras e névoa.

Mas havia uma outra sensação que surgia claramente dessa estonteante passagem do tempo.

Assim como uma série de cliques, quando acelerados, perdem sua definição individual e, aos poucos, se tornam um tom uniforme e cada vez mais agudo, da mesma forma uma série de impressões individuais foi se transformando numa emoção prolongada que, ao mesmo tempo, não chegava a ser uma emoção. Se fosse uma emoção, era desprovida de qualquer emotividade. Era ódio, um ódio implacável. Era fria, não como o gelo, mas como uma parede. Era impessoal, não como um soco no meio de uma multidão é impessoal, mas como uma multa de estacionamento emitida por computador é impessoal. E era mortífera – novamente, não como uma bala ou uma faca, mas como uma parede de tijolos colocada no meio de uma auto-estrada.

E, da mesma forma como um tom crescente irá mudar seu timbre e adquirir novos harmônicos conforme se torna mais agudo, assim também essa emoção não-emotiva pareceu crescer até tornar-se um grito insuportável, ainda que inaudível, e, subitamente, um grito de culpa e fracasso.

De repente, tudo parou.

Estavam de pé no topo de um monte numa tarde tranqüila.

O sol estava se pondo.

Em volta deles o verde suave dos campos serpenteava gentilmente a perder de vista. Pássaros cantavam suas opiniões a respeito, que, no geral, pareciam ser boas. Um pouco mais ao longe podia-se ouvir o som de crianças brincando e, ainda mais ao longe que a aparente fonte deste som, podia-se ver, na primeira escuridão da noite, o contorno de uma pequena cidade.

A cidade era formada por prédios baixos, feitos de pedra branca. Recortava o horizonte de forma suave.

O sol havia se posto quase totalmente.

Surgida do nada, uma música começou a tocar. Slartibartfast apertou um botão e ela parou.

Uma voz disse:

– Isso... – Slartibartfast apertou outro botão e a voz também parou.

– Eu mesmo vou lhes contar essa parte – disse, suavemente.

O lugar era pacífico. Arthur sentia-se feliz. Até mesmo Ford parecia alegre. Caminharam um pouco em direção à cidade. A Ilusão Informacional de grama era agradável e fofa sob seus pés, e a Ilusão Informacional de flores tinha uma fragrância doce. Apenas Slartibartfast parecia estar apreensivo e aborrecido.

Ele parou e olhou para cima.

Arthur pensou subitamente que, como a parte onde estavam vinha no final, por assim dizer, ou, mais exatamente, no início de todo o horror que haviam acabado de presenciar de forma borrada, provavelmente algo profundamente desagradável estava para acontecer. Ficou transtornado ao pensar que algo de profundamente desagradável pudesse acontecer em um lugar tão idílico quanto aquele. Também olhou para cima. Não havia nada no céu.

– Eles não vão atacar aqui, vão? – disse. Sabia que estava apenas andando dentro de uma gravação, mas ainda assim ficou tenso.

– Nada vai atacar aqui – disse Slartibartfast com uma voz inesperadamente trêmula de emoção. – Foi aqui que tudo começou. Este é o lugar em si. O planeta Krikkit.

Olhou para o céu acima deles.

O céu, de um horizonte ao outro, de leste a oeste, de norte a sul, era total e completamente negro.

capítulo 11

Estompe, estompe.

R-r-r-r-rrr.

– É um prazer servi-lo.

– Cale-se.

– Obrigado.

Estompe estompe estompe estompe estompe.

R-r-r-r-rrr.

– Obrigado por tornar uma simples porta muito feliz.

– Espero que seus diodos enferrujem.

– Obrigado. Tenha um bom dia.

Estompe estompe estompe estompe.

R-r-r-r-rrr.

– É um prazer abrir para você...

– Vá se zarcar!

– ...e uma grande satisfação fechar de novo, com a consciência de um trabalho bem-feito.

– Já disse para se zarcar!

– Obrigado por ouvir esta mensagem.

Estompe estompe estompe estompe.

– Uop.

Zaphod parou de estompear. Estava estompeando pela Coração de Ouro há dias e, até aquele momento, nenhuma porta tinha dito "uop" para ele. Na verdade, estava bem certo de que nenhuma porta teria dito "uop" agora. Portas, em geral, não dizem algo assim. É muito conciso. Além disso, não havia portas suficientes. Soou como se 100 mil pessoas tivessem dito "uop", o que o deixava intrigado, já que era a única pessoa na nave.

Estava escuro. A maioria dos sistemas não-essenciais da nave estavam desligados. Ela estava à deriva em uma área remota da Galáxia, no mais negro nanquim do espaço. Então como 100 mil pessoas iriam até lá para dizer um "uop" totalmente inesperado?

Olhou em volta, para um lado e para o outro do corredor. Tudo estava envolto em trevas. Havia apenas os contornos rosados e fracamente iluminados das portas, que brilhavam no escuro e pulsavam sempre que elas falavam, apesar de tudo que ela já tinha tentado para impedi-las.

As luzes estavam apagadas para evitar que suas cabeças pudessem olhar uma para a outra, porque nenhuma delas era uma visão particularmente atraente no momento, como já não eram desde que Zaphod cometera o erro de examinar sua alma.

Aquilo tinha sido um grande erro. Era tarde da noite, é claro.

Tinha sido um dia difícil, é claro.

Uma música suave estava tocando no som da nave, é claro.

Ele estava, é claro, ligeiramente bêbado.

Em outras palavras, todas as condições habituais que levam a um surto de exame da alma estavam presentes. Ainda assim, claramente havia sido um erro.

Andando agora, silencioso e solitário, no corredor sombrio, lembrou-se daquele momento e sentiu um frio na espinha. Uma de suas cabeças olhou para um lado, a outra para o outro, e cada qual decidiu que o lado oposto era o caminho a seguir.

Estava prestando atenção, mas não havia som algum.

Só tinha havido aquele "uop".

Parecia uma viagem terrivelmente longa para trazer um número terrivelmente grande de pessoas para dizer uma única palavra.

Ficou nervoso e começou a caminhar em direção à ponte. Ao menos lá se sentiria no controle da situação. Parou de novo. Da forma como se sentia agora, não achava que fosse uma pessoa muito adequada para estar no controle de nada.

Lembrando agora daquele momento, o primeiro choque tinha sido a descoberta de que ele realmente tinha uma alma.

De certa forma sempre presumira que tinha uma, já que parecia ter todas as outras coisas, e na verdade tinha até duas de algumas coisas, mas encontrar de fato aquela coisa escondida lá dentro dele havia sido um grande choque.

E ter descoberto, em seguida (este foi o segundo choque), que sua alma não era a coisa fantástica que acreditava ter o direito natural de esperar, sendo um homem de sua posição, o havia chocado novamente.

Então havia pensado a respeito de qual era exatamente sua posição e o novo choque quase fez com que derrubasse seu drinque. Virou o copo rapidamente antes que algo sério pudesse acontecer à bebida. Em seguida tomou um outro drinque, para seguir o primeiro e verificar se estava tudo bem.

– Liberdade – disse em voz alta.

Naquele momento, Trillian apareceu na cabine de comando e disse várias coisas entusiásticas a respeito da liberdade.

– Não posso lidar com isso – respondeu ele, soturno, e enviou um terceiro drinque para averiguar por que o segundo ainda não havia enviado um relatório sobre a situação do primeiro. Olhou inseguro para as duas Trillians e concluiu que preferia a que estava à direita.

Jogou um drinque garganta abaixo pela outra garganta, pensando que este iria encontrar o anterior na junção, onde ambos uniriam forças e fariam com que o segundo tomasse jeito.

Então os três partiriam em busca do primeiro, teriam uma boa conversa com ele e talvez cantassem um pouco também.

Estava em dúvida se o quarto drinque tinha entendido tudo aquilo, portanto mandou descer um quinto para detalhar o plano e um sexto para dar apoio moral.

– Você está bebendo muito – disse Trillian.

Suas cabeças colidiram enquanto tentavam reunir, em uma única pessoa, as quatro Trillians que estavam vendo. Acabou desistindo e olhou para a tela de navegação. Ficou espantado ao ver que havia um número fenomenal de estrelas.

– Diversão e aventura e coisas exóticas – murmurou.

– Olha – disse ela com uma voz simpática, sentando-se ao lado dele –, é compreensível que você se sinta um pouco vazio e desnorteado por algum tempo.

Espantou-se com ela. Nunca antes havia visto alguém se sentar em seu próprio colo.

– Uau – disse. E tomou outro drinque.

– Você completou a missão que te envolveu durante quatro anos.

– Ela não me envolveu. Eu procurei evitar ficar envolvido nela.

– Mesmo assim você a concluiu.

Ele resmungou. Aparentemente estavam dando uma grande festa em seu estômago.

– Acho que isso acabou comigo – disse. – Aqui estou, Zaphod Beeblebrox, e posso ir a qualquer lugar, posso fazer qualquer coisa. Tenho a melhor nave de todo o espaço, uma garota com quem as coisas parecem estar indo bem...

– Parecem?

– Até onde posso ver. Não sou especialista em relacionamentos pessoais...

Trillian levantou as sobrancelhas.

– Sou – prosseguiu Zaphod – um grande cara, posso fazer tudo que quiser, só que não tenho a menor idéia do que seja isto.

Fez uma pausa.

– Uma coisa deixou de levar à próxima – em contradição com o que disse, tomou outro drinque e escorregou desajeitadamente de sua cadeira.

Enquanto ele dormia, Trillian pesquisou algumas coisas na cópia do *Guia do Mochileiro das Galáxias* que havia na nave. O *Guia* tinha alguns conselhos a respeito de porres.

– Vá fundo – dizia o texto – e boa sorte.

Havia uma referência cruzada para o verbete que falava sobre o tamanho do Universo e como lidar com isso.

Então ela encontrou o verbete sobre Han Wavel, um exótico planeta turístico e um dos prodígios da Galáxia.

Han Wavel é um mundo constituído basicamente de fabulosos hotéis e cassinos ultraluxuosos. Todos formados por erosão natural, provocada pela chuva e pelo vento.

As chances de que algo assim aconteça são mais ou menos de um sobre infinito. Pouco se sabe a respeito de como isso aconteceu porque nenhum dos geofísicos, estatísticos de probabilidade, meteoroanalistas ou bizarrologistas que gostariam muito de estudar o assunto podem se dar ao luxo de ficar lá.

Incrível, pensou Trillian, e em poucas horas a grande nave branca estava lentamente descendo do céu, iluminada por um sol quente e brilhante, em direção a um espaçoporto recoberto por areia colorida. A nave estava obviamente causando sensação na superfície e Trillian estava se divertindo com isso. Ouviu Zaphod se movendo e assobiando em algum lugar da nave.

– Como você está? – perguntou pelo intercomunicador.

– Bem – disse ele alegremente –, incrivelmente bem.

– Onde você está?

– No banheiro.

– Fazendo o quê?

– Ficando aqui.

Depois de uma ou duas horas tornou-se óbvio que ele realmente pretendia ficar por lá e a nave subiu novamente sem sequer abrir sua escotilha.

– Putz! – disse Eddie, o computador.

Trillian assentiu pacientemente, batucou com seus dedos algumas vezes e depois pressionou de novo o botão do intercomunicador.

– Acho que diversão obrigatória provavelmente não é algo de que você precise neste momento.

– Provavelmente não – retrucou Zaphod de algum lugar.

– Acho que uma boa atividade física ajudaria a tirar você de dentro de si mesmo.

– O que você achar eu também acho – respondeu Zaphod.

"Impossibilidades Recreativas" foi um tópico que chamou a atenção de Trillian quando, pouco depois, ela se sentou para dar outra lida no *Guia*. Enquanto a Coração de Ouro cruzava o espaço a velocidades improváveis em uma direção indeterminada, ela tomava uma xícara de algo impensável preparado pela máquina Nutrimática de bebidas e lia sobre como aprender a voar.

O *Guia do Mochileiro das Galáxias* diz o seguinte a respeito de voar:

Há toda uma arte, ele diz, ou melhor, um jeitinho para voar.

O jeitinho consiste em aprender como se jogar no chão e errar.

Encontre um belo dia, ele sugere, e experimente.

A primeira parte é fácil.

Ela requer apenas a habilidade de se jogar para a frente, com todo seu peso, e o desprendimento para não se preocupar com o fato de que vai doer.

Ou melhor, vai doer se você deixar de errar o chão.

Muitas pessoas deixam de errar o chão e, se estiverem praticando da forma correta, o mais provável é que vão deixar de errar com muita força.

Claramente é o segundo ponto, que diz respeito a errar, que representa a maior dificuldade.

Um dos problemas é que você precisa errar o chão acidentalmente. Não adianta tentar errar o chão de forma deliberada, porque você não irá conseguir. É preciso que sua atenção seja subitamente desviada por outra coisa quando você está a meio caminho, de forma que você não pense mais a respeito de estar caindo, ou a respeito do chão, ou sobre o quanto isso tudo irá doer se você deixar de errar.

É reconhecidamente difícil remover sua atenção dessas três coisas durante a fração de segundo que você tem à sua disposição. O que explica por que muitas pessoas fracassam, bem como a eventual desilusão com esse esporte divertido e espetacular.

Contudo, se você tiver a sorte de ficar completamente distraído no momento crucial por, digamos, lindas pernas (tentáculos, pseudópodos, de acordo com o filo e/ou inclinação pessoal) ou por uma bomba explodindo por perto, ou por notar subitamente uma espécie muito rara de besouro subindo num galho próximo, então, em sua perplexidade, você irá errar o chão completamente e ficará flutuando a poucos centímetros dele, de uma forma que irá parecer ligeiramente tola.

Esse é o momento para uma sublime e delicada concentração.

Balance e flutue, flutue e balance.

Ignore todas as considerações a respeito de seu próprio peso e simplesmente deixe-se flutuar mais alto.

Não ouça nada que possam dizer nesse momento porque dificilmente seria algo de útil.

Provavelmente dirão algo como: "Meu Deus, você não pode estar voando!"

É de vital importância que você não acredite nisso: do contrário, subitamente estará certo.

Flutue cada vez mais alto.

Tente alguns mergulhos, bem devagar no início, depois deixe-se levar para cima das árvores, sempre respirando pausadamente.

NÃO ACENE PARA NINGUÉM.

Quando você já tiver repetido isso algumas vezes, perceberá que o momento da distração logo se torna cada vez mais fácil de atingir.

Você pode, então, aprender diversas coisas sobre como controlar seu vôo, sua velocidade, como manobrar, etc. O truque está sempre em não pensar muito a fundo naquilo que você quer fazer. Apenas deixe que aconteça, como se fosse algo perfeitamente natural.

Você também irá aprender como pousar suavemente, coisa com a qual, com quase toda certeza, você irá se atrapalhar – e se atrapalhar feio – em sua primeira tentativa.

Há clubes privados de vôo aos quais você pode se juntar e que irão ajudá-lo a atingir esse momento fundamental de distração. Eles contratam pessoas com um físico inacreditável – ou com opiniões inacreditáveis –, e essas pessoas pulam de trás de arbustos para exibir seus corpos – ou suas opiniões – nos momentos cruciais. Poucos mochileiros de verdade terão dinheiro para se juntar a esses clubes, mas é possível conseguir um emprego temporário em um deles.

Trillian leu isso tudo em detalhes, mas, relutantemente, decidiu que Zaphod realmente não estava no clima certo para tentar voar, ou para caminhar por montanhas, ou para tentar conseguir que um funcionário público de Brantisvogan aceitasse uma notificação de mudança de endereço – estas eram as outras coisas listadas sob o tópico "Impossibilidades Recreativas".

Ela decidiu então levar a nave até Allosimanius Syneca, um planeta feito de gelo e neve, de uma beleza atordoante e um frio estonteante. A viagem das planícies nevadas de Liska até o pico das Pirâmides de Cristal de Gelo de Sastantua é longa e exaustiva, mesmo com esquis a jato e uma matilha de cães de neve de Syneca, mas a vista lá de cima, uma vista que abrange os Campos de Geleiras de Stin, as reluzentes Montanhas Prismáticas e as longínquas luzes de gelo, etéreas e dançantes, é algo que congela a mente e então, aos poucos, a liberta para horizontes de beleza até então nunca experimentados, e, pessoalmente, Trillian achava que se sentiria bem com essa coisa de ter sua mente libertada aos poucos para horizontes de beleza até então nunca experimentados.

Entraram em uma órbita baixa.

A beleza branco-prateada de Allosimanius Syneca desfilava abaixo deles.

Zaphod ficou na cama, com uma cabeça enfiada embaixo de um travesseiro enquanto a outra montava quebra-cabeças até tarde.

Trillian assentiu pacientemente mais uma vez, contou até um número bem grande e depois disse a si mesmo que a coisa mais importante agora era fazer com que Zaphod falasse.

Tendo desativado todos os robôs sintomáticos da cozinha, preparou a refeição mais fantasticamente deliciosa que ela podia conceber – carnes sutilmente untadas, frutas perfumadas, queijos de aromas delicados e vinhos finos de Aldebaran.

Levou a comida até Zaphod e perguntou-lhe se gostaria de conversar.

– Vá se zarcar! – foi a resposta.

Trillian assentiu pacientemente para si mesma, contou até um número muito maior que o anterior, colocou suavemente a bandeja de lado, foi até a sala do transporte e teleportou-se para fora daquela vida idiota dele.

Ela sequer programou as coordenadas. Não tinha a menor idéia para onde estava indo, apenas foi – uma fileira de pontinhos flutuando aleatoriamente pelo Universo.

– Qualquer coisa – disse para si mesma ao sair – é melhor que isto.

– Também acho – murmurou Zaphod para si mesmo, depois virou-se e fracassou completamente em dormir.

No dia seguinte, ele andou inquieto pelos corredores na nave, fingindo não estar procurando por ela, apesar de saber que não estava mais lá. Ele ignorou as perguntas insistentes do computador a respeito do que estava acontecendo por lá e acabou conectando uma mordaça eletrônica num par de terminais.

Depois de um tempo, começou a desligar as luzes. Não havia nada para ser visto. Nada iria acontecer.

Deitado na cama, uma noite – e a noite agora era contínua na nave –, decidiu tomar jeito e colocar as coisas em perspectiva. Com um movimento rápido, sentou-se e começou a vestir as roupas. Decidiu que, em algum lugar do Universo, deveria haver alguém se sentindo mais desprezível, miserável e abandonado do que ele mesmo e estava determinado a encontrar essa pessoa.

A meio caminho da ponte ocorreu-lhe que poderia ser o Marvin. Então voltou para a cama.

Foi algumas horas depois, enquanto estompeava desconsolado através dos corredores escuros xingando as portas alegres, que ele ouviu dizerem "uop", coisa que o deixou bem nervoso.

Encostou-se, tenso, contra a parede do corredor e franziu o cenho como alguém que tentasse endireitar um saca-rolhas por telecinesia. Pressionou a ponta de seus dedos contra a parede e sentiu uma vibração incomum. Além disso, agora podia ouvir claramente leves ruídos e também podia ouvir de onde estavam vindo – era da ponte.

– Computador? – sussurrou.

– Mmmm? – respondeu o terminal mais próximo, também sussurrando.

– Há mais alguém nesta nave?

– Mmmmmm – disse o computador?

– Quem é?

– Mmmmmm mmmm mm mmmmmmmm.

Zaphod enfiou uma de suas caras em duas de suas mãos.

– Por Zarquon – murmurou. Então olhou pelo corredor na direção da entrada da ponte, meio distante, da qual ruídos mais sugestivos estavam vindo e onde estavam situados os terminais amordaçados.

– Computador – murmurou de novo.

– Mmm?

– Quando eu retirar a mordaça...

– Mmm.

– ...me lembre de dar um soco em minha própria boca.

– Mmmm mmmmm?

– Qualquer uma. Me diga apenas uma coisa. Uma vez significa sim, duas significa não. É algo perigoso?

– Mmm.

– É?

– Mmm.

– Você não disse "mmm" duas vezes agora?

– Mmm mmm.

Avançou lentamente pelo corredor, como se na verdade estivesse querendo sair correndo na outra direção, o que era verdade.

Estava a dois metros da porta para a ponte de comando quando percebeu, horrorizado, que ela iria ser gentil com ele.

Parou imediatamente. Não havia sido capaz de desligar os circuitos vocais de cortesia das portas.

A porta que levava à ponte estava fora do campo de visão de quem estivesse lá dentro, por conta da forma fascinantemente recurvada que usaram ao projetar a ponte. Zaphod esperava poder entrar sem ser visto.

Desanimado, apoiou-se novamente contra a parede e disse algumas palavras que deixaram sua outra cabeça bastante chocada.

Deu uma olhadela para o contorno rosado da porta e descobriu que, na escuridão do corredor, podia entrever o tênue Campo Sensor que se estendia para fora, pelo corredor, e avisava à porta quando havia alguém para quem ela deveria se abrir e para quem ela deveria fazer uma alegre e agradável observação.

Pressionou o corpo com força contra a parede e foi se esgueirando em direção à porta, encolhendo o peito o máximo possível para evitar contato com o perímetro muito, muito fracamente iluminado do campo. Segurou a respiração e parabenizou-se por ter passado os últimos dias jogado na cama, em vez de tentar resolver seus problemas sentimentais na sala de musculação da nave.

Percebeu, então, que teria que dizer algo.

Respirou rapidamente algumas vezes e depois falou tão rápido e tão baixo quanto pôde:

– Porta, se você estiver me ouvindo, diga que sim o mais baixo que puder.

O mais baixo que pôde, a porta murmurou: – Posso ouvi-lo.

– Bom. Preste atenção. Daqui a pouco, vou pedir que se abra. Quando se abrir, não quero que diga que você ficou feliz com isso, certo?

– Certo.

– E também não quero que me diga que eu tornei uma simples porta muito feliz, ou que é um prazer abrir para mim e uma grande satisfação fechar de novo, com a consciência de um trabalho bem-feito, certo?

– Certo.

– E não quero que me diga para ter um bom dia, entendido?

– Entendido.

– Certo – disse Zaphod, tensionando o corpo –, abra, agora.

A porta abriu-se em silêncio. Zaphod passou através dela em silêncio. A porta se fechou silenciosamente atrás dele.

– Era assim que o senhor queria, senhor Beeblebrox? – disse a porta em voz alta.

– Quero que imaginem – disse Zaphod para o grupo de robôs brancos que se viraram naquele momento para olhar para ele – que estou segurando uma pistola Zapogun extremamente poderosa.

O silêncio que veio a seguir era intensamente frio e selvagem. Os robôs o examinaram com olhos hediondamente mortiços. Mantiveram-se imóveis. Havia algo intensamente macabro em sua aparência, especialmente para Zaphod, que nunca havia visto um deles antes, nem sabia nada a respeito. As Guerras de Krikkit pertenciam ao passado antigo da Galáxia, e Zaphod havia gasto a maioria de suas aulas de história antiga elaborando um plano para transar com a garota que ocupava o cibercubículo ao lado.

Uma vez que o computador responsável por suas aulas era parte integral desse plano, ele eventualmente teve todos os seus circuitos de história apagados e substituídos por um conjunto completamente diferente de idéias. Como resultado disso, o computador foi desmontado e enviado para um abrigo para Cibertrastes Degenerados. Ele foi seguido pela garota, que havia inadvertidamente se apaixonado pela pobre máquina, coisa que, por sua vez, resultou em (a) Zaphod nunca ter conseguido nada com ela e (b) ele ter deixado de estudar um período de história antiga que teria um valor inestimável para ele naquele momento.

Zaphod olhou, chocado, para os robôs.

Era impossível explicar a causa, mas seus corpos brancos, de curvas perfeitas e reluzentes, pareciam ser a mais perfeita incorporação de uma malignidade calculada e eficaz. Desde seus olhos hediondamente mortiços até seus poderosos pés sem vida, eram claramente o produto perfeito de uma mente que simplesmente desejava matar. Zaphod engoliu em seco, tomado pelo medo.

Eles estavam desmantelando parte da parede traseira da ponte e haviam forçado passagem através de alguns dos pontos internos vitais da nave. Em meio ao emaranhado de peças, Zaphod podia ver, com uma sensação ainda maior e mais profunda de choque, que estavam criando um túnel em direção ao próprio núcleo da nave, o coração do Gerador de Improbabilidade que havia sido misteriosamente criado a partir do nada, o Coração de Ouro em si.

O robô que estava mais próximo olhou pra ele de uma forma que sugeria que estava medindo cada minúscula partícula de seu corpo, sua mente e suas habilidades. Quando falou, aquilo que disse pareceu transmitir exatamente isso. Antes de seguirmos para a parte do que ele realmente disse, vale a pena registrar aqui que Zaphod era o primeiro ser orgânico a ouvir uma dessas criaturas falar em mais de dez bilhões de anos. Se ele tivesse prestado mais atenção em suas aulas de história antiga e menos em seu corpo orgânico, sem dúvida teria ficado mais impressionado com essa honra.

A voz do robô era como seu corpo: fria, perfeita e sem vida. Quase chegava a ter um verniz de elegância. Soava tão antiga quanto era.

Ele disse:

– Você de fato está segurando uma pistola Zapogun em sua mão.

Inicialmente, Zaphod não entendeu bem o que ele quis dizer, mas então olhou para sua mão e ficou aliviado ao perceber que aquilo que encontrara montado em um suporte na parede de fato era o que ele pensava ser.

– Sim – respondeu em um tom de alívio desdenhoso, o que é bem difícil –, bem, eu não quis exigir muito de sua imaginação, robô. – Durante algum tempo ninguém disse nada e Zaphod compreendeu que os robôs obviamente não estavam ali para conversar. Essa parte ficaria por conta dele. – Por acaso notei que vocês estacionaram a nave de vocês – disse, apontando com uma de suas cabeças na direção adequada – dentro da minha.

Não havia como negar isso. Sem o menor respeito por qualquer tipo de comportamento dimensional, haviam simplesmente materializado sua nave precisamente onde queriam que ela ficasse. Isso significava que estava entrelaçada através da Coração de Ouro como se não fossem nada além de dois pentes.

Novamente não responderam nada, e Zaphod pensou que a conversa poderia ganhar um pouco de dinamismo se ele transformasse as suas falas em perguntas.

– ...não é verdade? – acrescentou.

– Sim – respondeu o robô.

– Ah. Certo – disse Zaphod. – Então o que vocês, meus chapas, estão fazendo por aqui?

Silêncio.

– Robôs – disse Zaphod –, o que vocês estão fazendo por aqui?

– Viemos – respondeu o robô – em busca da Trave de Ouro.

Zaphod assentiu. Sacudiu a arma, indicando que gostaria de mais informações.

O robô pareceu entender o gesto.

– A Trave de Ouro é parte da chave que buscamos – prosseguiu – para libertar nossos Mestres de Krikkit.

Zaphod assentiu novamente. Sacudiu a arma de novo.

– A Chave – prosseguiu o robô, indiferente – foi desintegrada no espaço e no tempo. A Trave de Ouro está embutida no dispositivo que impulsiona sua nave. Será usada para reconstituir a Chave. Nossos Mestres serão libertados. O Reajuste Universal irá continuar.

Zaphod assentiu mais uma vez.

– Do que você está falando? – perguntou.

A face totalmente inexpressiva do robô pareceu ser atravessada por um leve pesar. Ele parecia estar achando aquela conversa deprimente.

– Aniquilação – disse. – Procuramos a Chave – repetiu – e já temos o Pilar de Madeira, o Pilar de Aço e o Pilar de Acrílico. Mais um pouco e teremos o Pilar de Ouro...

– Não, não terão.

– Teremos – declarou o robô.

– Não terão não. Ele faz minha nave funcionar.

– Mais um pouco – repetiu o robô, pacientemente – e teremos o Pilar de Ouro...

– Não terão – disse Zaphod.

– E depois temos que ir – disse o robô, absolutamente sério – a uma festa.

– Ah – disse Zaphod, surpreso. – Posso ir também?

– Não – disse o robô. – Vamos atirar em você.

– É mesmo? – disse Zaphod, sacudindo sua arma.

– Sim – disse o robô, e atiraram nele.

Zaphod ficou tão surpreso que tiveram de atirar de novo antes que ele caísse.

capítulo 12

– Shhh – fez Slartibartfast. – Ouçam e observem.

A noite havia caído no antigo planeta Krikkit. O céu estava escuro e vazio. A única luz provinha da cidade vizinha, a partir da qual sons pacíficos e amigáveis vagavam suavemente pela brisa. Estavam de pé sob uma árvore que exalava odores inebriantes. Arthur agachou-se para sentir a Ilusão Informacional do solo e da grama. Pegou um pouco de terra e deixou cair entre seus dedos. O solo parecia denso e rico, a grama tinha vigor. Era difícil evitar a impressão de que aquele lugar era absolutamente maravilhoso de todas as formas.

Contudo, o céu era vazio, e Arthur tinha a impressão de que ele transmitia uma certa frieza à paisagem que, embora não pudesse ser vista no momento, era idílica. Supôs, entretanto, que fosse apenas questão de hábito.

Sentiu um cutucão no seu ombro e olhou para cima. Slartibartfast estava lhe mostrando, em silêncio, algo que vinha descendo do outro lado da colina. Ele olhou e pôde perceber luzes distantes que serpenteavam, movendo-se devagar na direção deles.

Quando chegaram mais perto, pôde ouvir os sons também, e logo as luzes e sons se transformaram em um pequeno grupo de pessoas retornando para casa, vindo das colinas e dirigindo-se à cidade.

Passaram andando bem perto dos observadores sob a árvore, com suas tochas balançando e projetando focos suaves de luz que dançavam sobre as árvores e a grama. Estavam tagarelando alegremente e cantando uma música que falava sobre o quão maravilhoso aquilo era, sobre como estavam felizes, como gostavam de trabalhar nas fazendas e como era bom voltar para suas casas e ver as mulheres e os filhos, com um refrão animado que dizia o quão docemente perfumadas as flores eram naquela época do ano, e também que era uma pena que o cachorro, que gostava tanto deles, tivesse morrido. Arthur quase podia imaginar Paul McCartney sentado, com seus pés diante da lareira no entardecer, cantarolando aquilo para Linda e pensando no que compraria com os royalties – provavelmente Essex.

– Os Mestres de Krikkit – sussurrou Slartibartfast em tom sepulcral.

Essa observação causou em Arthur uma breve confusão, tendo chegado tão rapidamente após seus próprios pensamentos sobre Essex. Então a lógica da situação se impôs em sua mente dispersa e descobriu que continuava sem entender o que o velho queria dizer.

– O quê? – perguntou.

– Os Mestres de Krikkit – repetiu Slartibartfast e, se o tom anterior foi sepulcral, desta vez ele soou como alguém que está com bronquite no Hades.

Arthur examinou o grupo e tentou extrair algum sentido das poucas informações que tinha à disposição até o momento.

As pessoas do grupo eram claramente alienígenas por pequenos detalhes, como o fato de parecerem um pouco altas, magras, de feições duras e quase tão pálidas que se podia dizer brancas. Fora isso, pareciam muito agradáveis. Bem, talvez fossem um pouco esquisitonas e talvez não fossem pessoas com quem se gostaria de fazer uma longa viagem de ônibus, mas o ponto é que, se, de alguma forma, se desviavam de serem pessoas boas e honestas, era por serem legais em excesso e não o contrário. Então por que toda essa constrição pulmonar de Slartibartfast, que parecia mais adequada a um comercial de rádio para um daqueles filmes de terror asquerosos a respeito de operadores de serras elétricas que levavam trabalho para fazer em casa à noite?

Essa questão do Krikkit também era complexa. Ele ainda não tinha conseguido fazer a ponte entre o que conhecia como críquete e aquilo que...

Slartibartfast interrompeu os pensamentos de Arthur nesse ponto, como se percebesse o que o outro estava pensando.

– O jogo que você conhece como críquete – disse, com uma voz que parecia ainda vagar por subterrâneos – é apenas uma dessas peculiaridades da memória racial, capaz de manter algumas imagens vivas na mente séculos após seu verdadeiro sentido ter se perdido nas névoas do tempo. De todas as raças da Galáxia, apenas os ingleses seriam capazes de reviver a memória da mais terrível das guerras que já cindiram o Universo e transformá-la naquilo que, lamento dizer, é visto como um jogo incompreensivelmente chato e sem sentido.

– Eu até gosto dele – acrescentou –, mas, aos olhos de muitos, vocês foram inadvertidamente culpados de um grotesco mau gosto. Aquela parte da bolinha vermelha acertando o *wicket* é particularmente cruel.

– Hum – disse Arthur, franzindo o rosto de forma reflexiva para indicar que suas sinapses cognitivas estavam lidando com aquilo da melhor forma possível. – Hum.

– E estes – disse Slartibartfast, retornando a seu tom criptogutural e apontando para o grupo de homens de Krikkit que passou por eles – são os que começaram tudo, e tudo irá começar hoje à noite. Venham, vamos segui-los para ver o que vem a seguir.

Saíram de baixo da árvore e seguiram o grupo animado ao longo da trilha escura pela colina. Seus instintos naturalmente diziam para que se movessem furtivamente e em silêncio atrás de suas presas. Contudo, como estavam apenas andando em meio a uma Ilusão Informacional, poderiam estar tocando tuba pintados de azul sem problema algum, já que ninguém iria notar.

Arthur observou que alguns deles tinham passado a cantar uma outra música. Chegava até eles carregada pela suave brisa da noite e era uma balada romântica e doce que permitiria a Paul McCartney comprar Kent e Sussex, além de fazer uma boa oferta por Hampshire.

– Você certamente sabe – disse Slartibartfast, virando-se para Ford – o que está para acontecer, não?

– Eu? – disse Ford. – Não.

– Você não estudou História Antiga da Galáxia quando era jovem?

– Eu ficava no cibercubículo atrás de Zaphod – disse Ford –, era impossível me concentrar. O que não significa que não tenha aprendido algumas coisas muito impressionantes.

Nesse momento, Arthur notou um detalhe curioso naquela canção. Os oito compassos do meio – que fariam com que Paul se consolidasse em Winchester e olhasse com interesse sobre o Test Valley chegando até as ricas terras de New Forest logo a seguir – tinham uma letra peculiar. Quem escreveu a canção falava sobre encontrar-se com uma garota, mas não dizia "sob o luar" ou "sob as estrelas", e sim "sobre a grama". Aquilo soava um pouco prosaico para Arthur. Então ele olhou novamente para o céu, desconcertantemente preto, e teve a sensação de que havia uma questão importante aí – se ao menos pudesse definir qual era. A sensação era a de estar sozinho no Universo, que foi o que ele disse para os outros.

– Não – disse Slartibartfast, apressando ligeiramente o passo –, o povo de Krikkit nunca pensou "Estamos sozinhos no Universo". Eles estão cercados por uma enorme Nuvem de Poeira, entende? Um único sol com um único mundo e estão na extremidade leste da Galáxia. Por causa da Nuvem de Poeira, nunca houve nada para ser visto no céu. Durante a noite, é completamente escuro. Durante o dia há o sol, mas não é possível olhar diretamente para o sol, então eles não olham. Quase não percebem que há um céu. É como se tivessem um ponto cego que se estende 180 graus, de um horizonte a outro.

– O único motivo pelo qual nunca pensaram "Estamos sozinhos no Universo" é porque, até esta noite, eles sequer sabiam que há um Universo. Ao menos não até esta noite.

Continuou andando, deixando suas palavras reverberando no ar atrás de si.

– Imagine como seria nem mesmo ter pensado "Estamos sós", simplesmente porque você nunca houvesse pensado que havia outra possibilidade.

Andou novamente

– Creio que seria apavorante – acrescentou.

Enquanto falava, começaram a ouvir um ruído agudo de algo muito alto, cortando o céu sem estrelas acima deles. Olharam para cima, preocupados, mas não conseguiram ver nada num primeiro momento.

Então Arthur notou que o grupo à sua frente também havia ouvido o ruído, mas ninguém sabia muito como agir. Estavam olhando em volta, confusos, para a esquerda, para a direita, para a frente, para trás e até mesmo para o chão. Sequer pensaram em olhar para cima.

A profundidade do choque e do horror que demonstraram logo em seguida, quando os destroços em chamas de uma espaçonave desceram do céu com um estrondo, chocando-se contra o solo cerca de um quilômetro à frente, era algo que só podia ser entendido por quem estava lá.

Alguns falam com admiração da Coração de Ouro, outros da Nave Estelar Bistromática.

Muitos falam, com toda razão, da lendária e gigantesca Espaçonave Titanic, uma majestosa e luxuosa nave de cruzeiro, lançada dos grandes estaleiros nos complexos de asteróides de Artifactovol há centenas de anos.

De infinita beleza, estonteantemente enorme e equipada com mais diversões do que qualquer outra nave daquilo que hoje ainda nos resta da História, teve o azar de ser construída logo no início das pesquisas em Física da Improbabilidade, muito antes que este difícil ramo do saber fosse completamente – ou ao menos minimamente – compreendido.

Os projetistas e engenheiros decidiram, em sua inocência, construir um protótipo de Campo de Improbabilidade na nave, cujo propósito seria, supostamente, o de assegurar que fosse Infinitamente Improvável que qualquer coisa desse errado em qualquer parte da nave.

Não perceberam que, por conta da natureza quase-recíproca e circular de todos os cálculos de Improbabilidade, qualquer coisa que fosse Infinitamente Improvável muito possivelmente aconteceria quase instantaneamente.

A Espaçonave Titanic era uma visão incrivelmente bela, atracada como uma Baleia Megavoid arcturiana prateada entre o tracejado laser dos guindastes de construção, uma nuvem brilhante de agulhas de luz sobressaindo-se contra a profunda escuridão do espaço interestelar. Entretanto, ao ser lançada, não conseguiu nem mesmo completar sua primeira mensagem de rádio – um S.O.S. – antes de sofrer um súbito e fortuito colapso total de existência.

Ainda assim, o mesmo evento que demonstrou a desastrosa falha de uma ciência em sua infância também testemunhou a apoteose de outra ciência. Foi provado, de forma definitiva, que o número de pessoas assistindo à cobertura na TV 3D do lançamento era maior do que o número de pessoas que existiam de fato na época – algo que é hoje reconhecido como a maior façanha de todos os tempos na ciência da pesquisa de audiência.

Outro evento espetacular da mídia naquela época foi o fato de a estrela Ysllodins ter se tornado uma supernova poucas horas depois. Ysllodins é a estrela ao redor da qual a maioria dos grandes agentes de seguro vive ou, melhor dizendo, vivia.

Ainda assim, enquanto essas espaçonaves, assim como outras famosas que vêm à mente, como os Cruzadores da Frota Galáctica – o GSS Daring, o GSS Audacy e o GSS Suicidal Insanity –, são mencionadas com reverência, entusiasmo, afeto, admiração, lástima, inveja, ressentimento – e todas as emoções mais comumente conhecidas –, aquela que em geral evoca o mais sincero espanto é a Krikkit One, a primeira espaçonave construída pelo povo de Krikkit.

Não que fosse uma nave fantástica. Não era.

Era uma pilha insana de sucata amontoada. Parecia ter sido montada no quintal de alguém, e na verdade foi exatamente em um quintal que ela foi montada. O que era fantástico a respeito daquela nave não é que houvesse sido bem construída (não foi), mas simplesmente que houvesse sido construída. O tempo decorrido entre o momento que o povo de Krikkit descobriu que havia algo chamado "espaço" e o lançamento de sua primeira nave foi de quase um ano.

Ford Prefect estava profundamente aliviado, enquanto afivelava o cinto, por aquela ser apenas outra Ilusão Informacional e portanto ele estar em segurança. Na vida real, aquela não era uma nave na qual ele colocaria os pés, nem por todo o saquê da China. Uma das expressões que lhe vinham à mente era "Completamente desconjuntada". A outra expressão era "Posso sair daqui?".

– Essa coisa vai mesmo voar? – disse Arthur, olhando com desconfiança para as tubulações e o cabeamento primitivos que entulhavam o interior da nave.

Slartibartfast lhe assegurou que aquilo iria voar, que estavam perfeitamente seguros e que tudo seria extremamente instrutivo e nada desconfortável.

Ford e Arthur decidiram relaxar e ficar angustiados numa boa.

– Por que não – disse Ford – pirar?

Na frente deles estavam os três pilotos que, naturalmente, não percebiam a presença deles pelo simples motivo de não estarem realmente lá. Tinham participado da construção da nave. Estiveram na trilha da colina naquela noite cantando suas músicas profundamente comoventes. Suas mentes haviam sido ligeiramente reviradas pela colisão da nave alienígena. Passaram semanas revirando cada minúsculo segredo dos destroços daquela nave incendiada, tudo isso enquanto cantarolavam melodiosas cantigas sobre revirar naves espaciais. Depois haviam construído sua própria nave e lá estava ela. Aquela era a sua nave e no momento estavam cantarolando sobre isso também, expressando a dupla alegria de ter realizado e de possuir algo. O refrão era tocante e falava sobre a tristeza de que seu trabalho os tivesse obrigado a passar tanto tempo na garagem, longe de suas mulheres e filhos, que sentiram muita falta deles mas sempre os mantiveram alegres contando-lhes como o cachorrinho estava crescendo, saudável.

Pow!, decolaram.

Cruzaram o céu como uma nave que sabe exatamente o que está fazendo.

– Não é possível – disse Ford, um pouco depois de terem se recuperado do choque da aceleração, enquanto subiam para além da atmosfera do planeta –, não é possível – repetiu – que alguém possa projetar e construir uma nave destas em um ano, não importa o quão motivados estivessem. Não acredito. Mesmo que me provem, não acredito. – Sacudiu a cabeça, pensativo, e olhou por uma escotilha para o vazio do lado de fora.

Por algum tempo nada aconteceu, e Slartibartfast apertou a tecla de avanço rápido para prosseguirem.

Muito rapidamente, então, chegaram até o perímetro interno da Nuvem de Poeira, oca e esférica, que circundava seu sol e seu planeta, ocupando a próxima órbita.

Foi como se houvesse uma mudança gradual na textura e consistência do espaço. A escuridão parecia agora estar sendo arranhada e rasgada conforme passavam. Era uma escuridão muito fria, um vácuo pesado; era a escuridão do céu da noite de Krikkit.

Sua frieza e seu peso e seu vazio aos poucos se infiltraram no coração de Arthur e ele podia sentir nitidamente os sentimentos dos pilotos de Krikkit que flutuavam no ar como uma potente carga estática. Estavam agora no próprio limite do conhecimento histórico de sua raça. Era este o ponto além do qual nenhum deles havia especulado, ou sequer tomado conhecimento de que havia algo sobre o qual especular.

A escuridão da nuvem esbofeteava a nave. Lá dentro havia apenas o silêncio da história. Sua missão histórica era a de descobrir se havia algo ou algum lugar do outro lado do céu de onde a espaçonave destroçada pudesse ter vindo. Um outro mundo, talvez, por mais estranho e incompreensível que esse pensamento fosse para as mentes fechadas daqueles que viviam sob o céu de Krikkit.

A história estava se preparando para desfechar outro duro golpe.

Em volta, a escuridão continuava arranhando-os, aquela escuridão vazia e envolvente. Parecia estar cada vez mais próxima, cada vez mais densa, cada vez mais pesada. E subitamente se desfez.

Voaram para além dos confins da nuvem.

Viram as maravilhosas jóias da noite em sua infinita poeira e suas mentes zumbiam de medo.

Permaneceram voando por mais algum tempo, imóveis contra a imensidão estrelada da Galáxia, também ela imóvel contra a imensidão do Universo. Depois fizeram meia-volta.

– Isso não pode ficar aí – disseram os homens de Krikkit enquanto navegavam para casa.

No caminho de volta entoaram diversas canções que ponderavam sobre paz, justiça, moral, cultura, esportes, vida em família e o aniquilamento de todas as outras formas de vida.

capítulo 13

– Agora vocês compreendem – disse Slartibartfast, mexendo devagar seu café artificialmente preparado e, ao fazê-lo, mexendo também as interfaces turbilhonantes entre números reais e irreais, entre as percepções interativas da mente e do Universo, gerando, dessa forma, as matrizes reestruturadas de uma subjetividade implicitamente redobrada que permitia sua nave redefinir o próprio conceito de tempo e espaço – como foi.

– Sim – disse Arthur.

– Sim – disse Ford.

– O que eu faço – disse Arthur – com este pedaço de galinha?

Slartibartfast olhou para ele seriamente.

– Brinque com ele – disse –, brinque com ele.

Pegou um de seus pedaços e mostrou-lhe o que fazer.

Arthur imitou-o e pôde sentir o ligeiro formigamento de uma função matemática perpassando a coxa de galinha enquanto se movia quadridimensionalmente através daquilo que Slartibartfast havia lhe dito ser um espaço de cinco dimensões.

– De um dia para o outro – disse Slartibartfast – toda a população de Krikkit deixou de ser um grupo de encantadoras, agradáveis, inteligentes...

– ...e esquisitonas...

– ...pessoas comuns – disse Slartibartfast – para se tornar um grupo de encantadoras, agradáveis, inteligentes...

– ...e esquisitonas...

– ...pessoas xenófobas e maníacas. A idéia de que havia um Universo não se enquadrava em sua visão de mundo, digamos assim. Não podiam lidar com ele. Então, de forma encantadora, agradável e inteligente – até mesmo esquisitona, já que você insiste –, decidiram destruir o Universo. Qual o problema agora?

– Não gostei muito do vinho – disse Arthur, cheirando-o.

– Mande devolver. Tudo faz parte da matemática da coisa.

Arthur devolveu o vinho. Não gostou muito da topografia do sorriso do garçom, mas ele nunca gostara de gráficos mesmo.

– Para onde estamos indo? – perguntou Ford.

– De volta para a Sala de Ilusões Informacionais – disse Slartibartfast, levantando-se e limpando a boca com a representação matemática de um guardanapo de papel – para assistirmos à segunda parte.

capítulo 14

– O povo de Krikkit – disse Sua Altíssima Supremacia Judicial, o Magistrado Pag, Presidente CIMR (Culto, Imparcial e Muitíssimo Relaxado) do Conselho de Juízes no Tribunal de Crimes da Guerra de Krikkit – é, puxa, vocês, sabem, são apenas um bando de caras muito legais, não é, que estavam apenas querendo matar todo mundo. Muitas vezes é exatamente como me sinto pela manhã. Que merda. Bem – prosseguiu, colocando seus pés em cima do banquinho à sua frente e fazendo uma pausa para catar um fiozinho solto em seu Chinelo de Praia Cerimonial –, não são pessoas com quem se deseje compartilhar uma Galáxia.

Era verdade.

O ataque de Krikkit contra a Galáxia havia sido formidável. Milhares e milhares de imensas naves de guerra de Krikkit haviam saído subitamente do hiperespaço e atacado simultaneamente milhares e milhares de planetas centrais, pegando primeiro suprimentos materiais vitais para a construção da próxima leva e depois calmamente aniquilando os planetas.

A Galáxia, que naquela época passava por um período de grande paz e prosperidade, ficou atordoada como um homem sendo assaltado em um pasto.

– Quero dizer – continuou o Magistrado Pag, olhando em volta da imensa e ultramoderna (isso fora há dez bilhões de anos, quando "ultramoderno" significava aço escovado e concreto em profusão) sala do tribunal –, esses caras são totalmente obsessivos.

Aquilo também era verdade, e era a única explicação que já tinham conseguido formular para a velocidade inimaginável com a qual o povo de Krikkit havia perseguido seu novo e único propósito – a destruição de qualquer coisa que não fosse de Krikkit.

Também era a única explicação para a espantosa velocidade com que tinham compreendido toda a hipertecnologia necessária para construir milhares de espaçonaves e milhões de robôs brancos mortíferos.

Os robôs haviam aterrorizado profundamente todos aqueles que os encontraram, muito embora, na maioria dos casos, esse terror tivesse uma vida extremamente curta, assim como a vida da pessoa aterrorizada. Eram temíveis e cruéis máquinas de guerra voadoras com um único propósito. Traziam consigo terríveis bastões de guerra multifuncionais que, quando erguidos de uma forma, destruíam prédios e, quando erguidos de outra forma, disparavam fulgurantes Raios Zapogun Omnidestrutivos; erguidos de uma terceira forma, lançavam um pavoroso arsenal de granadas, que iam desde pequenos dispositivos incendiários até Dispositivos Hipernucleares Maxi-Slorta capazes de aniquilar uma estrela das grandes. O simples ato de bater nas granadas com os bastões de guerra fazia com que as granadas se ativassem e as lançavam, com fenomenal precisão, a distâncias que iam de alguns metros a centenas de milhares de quilômetros.

– Bem – disse novamente o Magistrado Pag –, então fomos nós que vencemos. – Fez uma pausa e mastigou um chiclete. – Vencemos – repetiu –, mas não chega a ser um grande feito. Afinal, temos toda uma galáxia de tamanho médio contra um pequeno mundo... e quanto tempo levamos? Oficial de Justiça?

– Meritíssimo? – disse o homem de aparência austera, vestido de preto, levantando-se.

– Quanto tempo, rapaz?

– É um pouco difícil, Meritíssimo, dizer com exatidão. A distância e o tempo...

– Relaxe, rapaz, chute um número.

– É difícil chutar um número, Meritíssimo, em um assunto tão...

– Vamos, coragem, desembucha.

O Oficial de Justiça piscou. Claramente, como a maioria dos que trabalhavam no Judiciário, achava que o Magistrado Pag (também conhecido pessoalmente como Zipo Bibrok 5×10^8, inexplicavelmente) era uma figura deplorável. Era obviamente grosseiro e não sabia se portar. Parecia pensar que o fato de possuir o cérebro jurídico mais brilhante jamais conhecido lhe dava o direito de se comportar como bem entendesse e infelizmente parecia estar correto.

– É, hum, bem, Meritíssimo, de forma muito aproximada, uns dois mil anos – murmurou o Oficial, descontente.

– E quantos carinhas foram detonados?

– Dois grilhões, Meritíssimo – o Oficial de Justiça sentou-se. Uma foto de seu hidrospectro naquele momento teria revelado que estava fumegando levemente.

O Magistrado Pag olhou mais uma vez para o tribunal, no qual estavam reunidos centenas dos mais altos oficiais de toda a administração galáctica, todos eles em uniformes ou corpos de gala, dependendo do metabolismo e costumes locais. Atrás de uma parede de Cristal Blindado AntiZap havia um grupo de representantes do povo de Krikkit, olhando com um desdém calmo e polido para todos os alienígenas ali reunidos a fim de julgá-los. Aquela era a ocasião mais importante da história do Judiciário, e o Magistrado Pag sabia disso.

Tirou o chiclete da boca e colou-o embaixo de sua cadeira.

– É um montão de cadáveres – disse, em tom de voz baixo.

O silêncio desconfortável que perpassou o tribunal parecia indicar que todos concordavam.

– Então, como eu disse, são um bando de caras legais, mas não o tipo de gente com quem desejemos compartilhar a Galáxia, sobretudo não se eles forem continuar com isso, se não aprenderem a relaxar um pouco. Quero dizer, vamos todos continuar tensos, não é? Pow, pow, pow – quando vão nos atacar de novo? Não há a menor chance de coexistência pacífica, não é? Alguém pode me trazer água, por favor?

Sentou-se e bebericou, refletindo.

– Tudo bem – disse –, ouçam-me, ouçam-me. É que, assim, esses caras, vocês sabem, têm direito à visão deles do Universo. E, de acordo com essa visão, imposta pelo Universo, correto, eles agiram certo. Parece louco, mas vocês têm que concordar. Eles acreditam em...

Consultou um pedaço de papel que tirou do bolso de trás de seu jeans judicial.

– Acreditam na "paz, justiça, moral, cultura, esporte, vida familiar e na aniquilação de todas as outras formas de vida".

Deu de ombros.

– Já ouvi coisas bem piores.

Coçou o saco de forma pensativa.

– Freeeow – disse. Tomou outro gole de água, depois colocou-a contra a luz e olhou-a intensamente, enquanto girava o copo.

– Ei, tem alguma coisa nesta água? – perguntou.

– Ahn, não, Meritíssimo – disse nervosamente o serventuário que havia trazido a água.

– Então leve-a – retrucou o Magistrado – e coloque algo dentro dela. Tive uma idéia.

Afastou o copo e inclinou-se para a frente.

– Ouçam-me, ouçam-me todos – disse.

Sua brilhante solução era a seguinte:

O planeta de Krikkit deveria ser trancado, por toda a eternidade, em um envoltório de Tempolento, dentro do qual a vida continuaria quase infinitamente lenta. Toda luz em torno do envoltório seria desviada, de forma que ele permanecesse invisível e impenetrável. Escapar do envoltório seria completamente impossível, a menos que fosse aberto do lado de fora.

Quando o restante do Universo chegasse ao derradeiro fim, quando toda a criação emitisse seu último suspiro (claro que isso foi antes de se descobrir que o fim do Universo seria um fantástico negócio para a área de culinária e restaurantes) e a vida e a matéria deixassem de existir, então o planeta Krikkit e seu sol emergiriam do envoltório de Tempolento para continuar sua existência solitária, como desejavam, no crepúsculo do vazio universal.

A Fechadura ficaria em um asteróide colocado em órbita lenta ao redor do envoltório.

Sua chave seria o símbolo da Galáxia – o Portal de Wikkit.

Quando os aplausos no tribunal finalmente cessaram, o Magistrado Pag já estava no Chuveiro Sensormático com uma bela participante do júri, para a qual havia mandado um bilhete meia hora antes.

capítulo 15

Dois meses mais tarde, Zipo Bibrok 5×10^8 havia transformado seus jeans do Estado Galáctico em bermudas e estava gastando parte dos enormes honorários que cobrava por seus julgamentos deitado em uma praia de areia de pedras preciosas, e aquela mesma bela participante do júri estava massageando suas costas com Essência de Qualactina. Ela era uma garota soolfiniana, vinda de trás dos Neblimundos de Yaga. Sua pele parecia seda de limão e ela se interessava profundamente por corpos jurídicos.

– Você ouviu o noticiário?

– Aaaiiuuuauuu! – disse Zipo Bibrok 5×10^8, e somente estando lá para entender por que ele disse isso. Nada foi gravado na fita de Ilusões Informacionais e tudo se baseia em boatos.

– Não – respondeu depois que a coisa que o havia feito dizer "Aaaiiuuuauuu!" tinha parado de acontecer. Ele virou o corpo ligeiramente para pegar os primeiros raios do terceiro e maior dos sóis primevos de Vod, que subia agora pelo horizonte de inefável beleza enquanto o céu brilhava com uma das maiores forças bronzeadoras jamais encontradas.

Uma brisa de aroma suave levantou-se do mar, passeou pela praia e retornou ao mar, pensando aonde iria depois. Em um impulso súbito, retornou à praia, depois voltou para o mar.

– Espero que não sejam boas notícias – murmurou Zipo Bibrok 5×10^8 –, porque acho que não suportaria.

– Sua sentença no caso de Krikkit foi executada hoje – disse a garota suntuosamente. Não havia necessidade de dizer uma coisa tão simples suntuosamente, mas ela foi em frente e disse assim mesmo porque combinava com o jeitão do dia. – Ouvi no rádio – disse ela – quando voltei à nave para pegar a loção.

– Ahn – murmurou Zipo, descansando sua cabeça na areia de pedras preciosas.

– Aconteceu algo.

– Mmmm?

– Logo depois do envoltório de Tempolento ser trancado – disse ela, interrompendo sua massagem –, uma nave de guerra Krikkit, que achavam que estava desaparecida e possivelmente destruída, estava apenas desaparecida mesmo. Ela reapareceu e tentou se apoderar da Chave.

Zipo sentou-se com um gesto brusco.

– Como assim?

– Está tudo bem – continuou ela, num tom de voz que acalmaria até mesmo o Big Bang. – Parece que houve uma rápida batalha. A Chave e a nave foram desintegradas e desapareceram no contínuo espaço-temporal. Aparentemente, ambos se perderam para sempre.

Ela sorriu e deixou cair um pouco mais de Essência de Qualactina nos dedos. Ele relaxou e deitou-se de costas.

– Faça de novo o que você fez agora há pouco.

– Isso? – perguntou ela.

– Não, não – respondeu ele. – Isso.

Ela tentou novamente.

– Isso? – perguntou.

– Aaaiiuuuauuu!

Novamente, só mesmo estando lá.

A brisa de aroma suave levantou-se do mar outra vez.

Um mágico vagava pela praia, mas ninguém precisava dele.

capítulo 16

– Nada está perdido para sempre – disse Slartibartfast, seu rosto tremeluzindo com a luz da vela que o garçom robô estava tentando levar – a não ser a Catedral de Chalesm.

– A o quê? – perguntou Arthur.

– A Catedral de Chalesm – repetiu Slartibartfast. – Foi durante o tempo em que eu estava fazendo pesquisas para a Campanha pelo Tempo Real que eu...

– A o quê? – perguntou Arthur novamente.

O velho parou e reuniu seus pensamentos, para aquele que ele esperava ser o último ataque à sua história. O garçom robô moveu-se pelas matrizes espaço-temporais conseguindo combinar, de forma espetacular, uma rispidez mal-humorada com uma gentil graça, voou sobre a vela e conseguiu pegá-la. Eles já tinham recebido a conta, tinham discutido convincentemente sobre quem havia comido o canelone e quantas garrafas de vinho eles tinham tomado e, como Arthur havia percebido vagamente, através disso tudo haviam manobrado com sucesso a nave para fora do espaço subjetivo em uma órbita estacionária em torno de um planeta estranho. O garçom estava agora ansioso para completar sua parte nesta confusão e limpar o bistrô.

– Tudo irá se esclarecer – disse Slartibartfast.

– Quando?

– Breve. Os fluxos temporais estão muito poluídos atualmente. Há um monte de lixo flutuando por eles, refugos e destroços, e cada vez mais essas coisas estão sendo regurgitadas no mundo físico. São zéfiros no contínuo espaço-temporal, sabe?

– É, ouvi falar – disse Arthur.

– Ei, para onde estamos indo? – disse Ford, afastando sua cadeira com impaciência. – Queria muito que chegássemos lá.

– Estamos indo – disse Slartibartfast em uma voz lenta e comedida – tentar evitar que os robôs de guerra de Krikkit possam reunir toda a Chave de que precisam para libertar o planeta de Krikkit do envoltório de Tempolento e, assim, libertar o resto de seu exército e seus Mestres ensandecidos.

– É só – disse Ford – que você falou sobre uma festa.

– Falei – respondeu Slartibartfast, abaixando a cabeça.

Ele percebeu que aquilo havia sido um erro, porque a idéia parecia exercer uma estranha fascinação doentia na mente de Ford Prefect. Quanto mais Slartibartfast revelava a sombria e trágica história de Krikkit e de seus habitantes, maior era o desejo de Ford de beber muito e dançar com garotas.

O velho sentiu que não deveria ter mencionado a festa até o último momento. Mas era tarde, ele já falara e Ford Prefect havia se agarrado à idéia da mesma forma que uma Megalesma Arcturiana se agarra à sua vítima antes de arrancar sua cabeça e sumir com sua nave.

– Quando – disse Ford, ansioso – vamos chegar lá?

– Quando eu tiver acabado de lhes contar por que temos que ir lá.

– Eu sei por que estou indo – disse Ford, e inclinou-se para trás, apoiando a nuca nas mãos. Deu um daqueles seus sorrisos que faziam as pessoas estremecerem.

Slartibartfast havia esperado, em vão, que sua aposentadoria fosse ser tranqüila.

Planejara aprender a tocar o heebiefone octaventral, uma tarefa agradavelmente fútil, pois sabia que tinha o número inadequado de bocas.

Também planejara escrever uma monografia excêntrica e completamente incorreta sobre fiordes equatoriais, só para deixar bem obscuras algumas coisas que ele considerava realmente importantes.

Em vez disso, de alguma forma convenceram-no a trabalhar em tempo parcial para a Campanha pelo Tempo Real e ele começou a levar as coisas a sério pela primeira vez em sua vida. Por conta disso lá estava ele, passando seus últimos anos de vida combatendo o mal e tentando salvar a Galáxia.

Achava aquele trabalho exaustivo. Suspirou profundamente.

– Ouçam – disse ele – na Camtem...

– O quê? – disse Arthur.

– A Campanha pelo Tempo Real, que eu explico para vocês mais tarde. Notei que cinco destroços que haviam recentemente sido jogados de volta à existência pareciam corresponder às cinco partes desaparecidas da Chave. Só consegui determinar com exatidão o destino de duas delas – o Pilar de Madeira, que reapareceu no seu planeta, e a Trave de Prata, que parece ter ido parar em uma espécie de festa. Precisamos ir até lá pegá-la antes que os robôs de Krikkit a encontrem, senão ninguém sabe o que poderá acontecer.

– Não – disse Ford com firmeza. – Precisamos ir à festa para beber muito e dançar com garotas.

– Mas será que você ainda não entendeu tudo que eu...?

– Sim – declarou Ford, com inesperada veemência –, entendi tudo perfeitamente bem. É justamente por isso que quero beber tudo o que puder e dançar com todas as garotas que encontrar enquanto elas ainda estão por aí. Se tudo que você nos mostrou é verdade...

– Verdade? Claro que sim!

– ...então estamos tão ferrados quanto um molusco numa supernova.

– Um o quê? – entrecortou Arthur novamente. Mal ou bem, ele tinha conseguido seguir a conversa até aquele ponto e não queria perder o fio da meada agora.

– Tão ferrados quanto um molusco numa supernova – repetiu Ford, sem perder o ritmo. – A...

– O que os moluscos têm a ver com as supernovas? – perguntou Arthur.

– Eles não têm – disse Ford, sem se alterar – a menor chance dentro delas.

Fez uma pausa para ter certeza de que estava tudo claro agora. As novas expressões de perplexidade que se espalhavam pelo rosto de Arthur lhe diziam que nada estava claro.

– Uma supernova – continuou Ford o mais rápido e claramente possível – é uma estrela que explode com cerca da metade da velocidade da luz e queima com o brilho de bilhões de sóis antes de entrar em colapso e virar uma estrela de nêutrons superdensa. É uma estrela que engole outras estrelas, sacou? Nada tem a menor chance diante de uma supernova.

– Entendo – respondeu Arthur.

– A...

– Mas, então, por que um molusco em particular?

– E por que *não* um molusco? Não faz diferença!

Arthur aceitou esse ponto, e Ford prosseguiu, procurando retomar sua veemência anterior.

– A questão então é que pessoas como eu e você, Slartibartfast, assim como Arthur – particularmente e especialmente Arthur –, somos meros diletantes, excêntricos, vagabundos ou bundões, como quiser.

Slartibartfast fechou o rosto, em parte perplexo e em parte ofendido. Começou a falar.

– ... – foi até onde chegou.

– Não somos obcecados com coisa alguma, entende? – insistiu Ford.

– ...

– E este é o fator decisivo. Não podemos vencer contra a obsessão. Eles se importam, nós não. Então eles vencem.

– Eu me importo com muitas coisas – disse Slartibartfast, sua voz trêmula de irritação, mas também por incerteza.

– Tais como?

– Ora – disse o velho –, a vida, o Universo. Tudo o mais, na verdade. Fiordes.

– Você está pronto a morrer por eles?

– Fiordes? – Slartibartfast arregalou os olhos, surpreso. – Não.

– É isso.

– Não faria sentido, para ser franco.

– E eu continuo não vendo a relação com os moluscos.

Ford sentia que a conversa estava saindo de seu controle e se recusava a perder o foco naquele momento.

– O ponto é – disse, sibilando – que não somos pessoas obsessivas, e não temos a menor chance contra...

– Exceto por esta sua obsessão súbita com moluscos – insistiu Arthur –, que continuo não entendendo.

– Quer por favor deixar a porcaria dos moluscos de fora?

– Com prazer, se você fizer o mesmo – respondeu Arthur. – Foi você que trouxe isso à tona.

– Admito que foi um erro – disse Ford. – Esqueça. A questão é a seguinte.

Inclinou-se para a frente e apoiou a testa na ponta dos dedos.

– Que diabos eu estava dizendo? – falou, desgastado.

– Bem, vamos resumir a coisa e descer para a festa – disse Slartibartfast –, seja qual for o nosso motivo. – Levantou-se, balançando a cabeça.

– Acho que era isso que eu queria dizer – completou Ford.

Por motivos não esclarecidos, os cubículos de teletransporte ficavam no banheiro.

capítulo 17

As viagens no tempo têm sido vistas, cada vez mais, como uma ameaça. A história está sendo poluída.

A *Enciclopédia Galáctica* tem muito a dizer sobre a teoria e prática das viagens no tempo, mas a maioria do que ela diz é incompreensível para qualquer um que não tenha passado pelo menos quatro vidas estudando hipermatemática avançada e, uma vez que isso era impossível antes da invenção das viagens no tempo, reina uma certa confusão a respeito de como a idéia surgiu inicialmente. Uma racionalização desse problema declara que viajar no tempo foi, por sua própria natureza, descoberta simultaneamente em todos os períodos da história, mas isso obviamente não faz o menor sentido.

O problema é que boa parte da história atualmente também não faz o menor sentido.

Eis um exemplo. Pode não parecer muito importante para algumas pessoas, mas para outras é crucial. Certamente é significativo por ter sido o evento específico que instigou a criação da Campanha pelo Tempo Real pela primeira vez (ou teria sido pela última? Depende muito do sentido em que você está vendo a história decorrer, o que também tem se tornado uma questão cada vez mais confusa).

Existe, ou existiu, um poeta. Seu nome era Lallafa e ele escreveu um conjunto de poemas tidos, em toda a Galáxia, como alguns dos melhores já escritos: as *Canções de Long Land*.

São/eram de uma beleza indizível. Em outras palavras, você não seria capaz de recitar um trecho longo de uma só vez sem ser tomado fortemente pela emoção e por um senso de verdade, totalidade e unicidade das coisas sem que, rapidamente, você precisasse dar uma volta rápida pelo quarteirão, possivelmente parando em um bar ao retornar para tomar uma dose rápida de perspectiva e bebida. Eram realmente bons.

Lallafa passou a vida nas florestas de Long Land de Effa. Foi onde morou e também foi onde escreveu seus poemas. Escreveu-os em páginas feitas a partir de folhas secas de habra, sem ter estudado nem possuir fluido corretivo. Escreveu sobre a luz na floresta e o que pensava disso. Escreveu sobre a escuridão na floresta e o que pensava disso. E também sobre a garota que o tinha deixado e exatamente o que pensava disso.

Muito depois de sua morte, seus poemas foram encontrados e admirados. As notícias se espalharam como o sol da manhã. Durante séculos, iluminaram e irrigaram as vidas de muitas pessoas, que, de outra forma, teriam sido mais sombrias e mais secas.

Então, pouco depois da invenção das viagens pelo tempo, alguns dos grandes fabricantes de fluido corretivo ponderaram se os poemas não seriam ainda melhores se Lallafa tivesse tido acesso a fluido corretivo de alta qualidade, e ponderaram se ele não poderia ser gentilmente convencido a dizer algumas boas coisas a esse respeito.

Viajaram pelas ondas do tempo, encontraram-no, explicaram a situação – com alguma dificuldade – para ele, que acabou se deixando convencer. Na verdade, deixou-se convencer a tal ponto que ele se tornou muito rico por conta disso, e a garota sobre a qual ele deveria originalmente escrever com detalhes nunca o deixou. Na verdade, os dois se mudaram da floresta para um bom local na cidade e ele freqüentemente dava um pulinho até o futuro para participar de programas de entrevista, nos quais brilhava com sua sagacidade.

Com tudo isso, é claro que ele jamais conseguiu escrever os poemas, o que causava problemas, todos facilmente contornáveis. Os fabricantes de fluido corretivo o despacharam para algum lugar ermo durante uma semana com uma cópia de uma edição posterior de seu livro e uma pilha de folhas secas de habra sobre as quais ele deveria copiá-los, fazendo alguns erros propositais e correções ao mesmo tempo.

Muitas pessoas dizem que os poemas perderam completamente o valor. Outros argumentam que são exatamente o mesmo que sempre foram, então o que mudou? O primeiro grupo diz que esta não é a questão. Eles não sabem muito bem qual é a questão, mas estão bem certos de que não é esta. Começaram, então, a Campanha pelo Tempo Real para tentar impedir que esse tipo de coisa continue acontecendo. Sua causa ganhou considerável importância, já que, apenas uma semana depois de eles terem se organizado, surgiu a notícia de que não apenas a grande Catedral de Chalesm havia sido derrubada para construir uma nova refinaria de íons, como também a construção da refinaria tinha levado tanto tempo e se prolongado para um passado tão distante que, para iniciar a produção de íons dentro do cronograma, a catedral não havia sequer sido construída. Subitamente, cartões-postais com imagens da catedral tornaram-se muito valiosos.

Então muitas coisas na história acabaram se perdendo para sempre. A Campanha pelo Tempo Real proclama que, assim como a facilidade em viajar arruinou as diferenças entre os diferentes mundos, também as viagens no tempo estavam agora arruinando as diferenças entre uma época e as outras.

– O passado – dizem eles – é agora exatamente como um país estrangeiro. Todos fazem as mesmas coisas do mesmo jeito.

capítulo 18

Arthur materializou-se com seu já tradicional espalhafato, cambaleando e sentindo um aperto na garganta, no coração e em vários outros órgãos. Era algo que ele ainda se permitia sempre que precisava realizar uma destas horrorosas e dolorosas materializações com as quais estava determinado a não se acostumar.

Olhou em volta procurando os outros.

Não estavam lá.

Olhou novamente em volta procurando os outros.

Continuavam não estando lá.

Fechou os olhos.

Abriu-os.

Olhou em volta procurando os outros.

Persistiam obstinadamente em sua ausência.

Fechou novamente os olhos, preparando-se para executar este exercício absolutamente inútil mais uma vez; e foi só então, enquanto seus olhos estavam fechados, que seu cérebro passou a registrar a imagem que seus olhos estavam vendo enquanto abertos. Franziu as sobrancelhas, perplexo.

Então abriu os olhos de novo, a fim de verificar os fatos, e continuou com o rosto franzido.

Se algo mudou, foi apenas o rosto franzindo ainda mais e se arraigando nesta posição. Se aquilo era uma festa, era bem ruim – tão ruim, na verdade, que todos tinham ido embora. Ele abandonou esta linha de raciocínio, concluindo que era inútil. Obviamente aquilo não era uma festa. Era uma caverna, um labirinto, ou um túnel feito de algo – estava escuro demais para saber. Estava completamente escuro, uma escuridão úmida e reluzente. Os únicos sons eram os ecos de sua própria respiração, que soava preocupada. Tossiu baixinho e teve que ouvir o eco fantasmagórico de sua tosse vagando entre os corredores infindáveis e as câmaras invisíveis, como em um grande labirinto, eventualmente retornando até ele pelos mesmos corredores invisíveis como que dizendo...

– Sim?

A mesma coisa acontecia a cada mínimo barulho que fazia, o que o deixava nervoso. Tentou cantarolar algo alegre, mas, quando o som voltou até ele, era uma marcha fúnebre, então decidiu parar.

Sua mente ficou cheia de imagens da história que Slartibartfast lhe contou. A cada instante esperava ver os letais robôs brancos surgirem das sombras para matá-lo. Prendeu a respiração. Eles não vieram. Voltou a respirar. Não sabia o que esperar.

Alguém ou alguma coisa, contudo, parecia estar esperando por ele, já que, naquele instante, acendeu-se subitamente, ao longe na escuridão, um fantasmagórico letreiro em néon verde.

Dizia, silenciosamente:

VOCÊ FOI REDIRECIONADO.

O letreiro piscou novamente e se apagou de uma forma que Arthur não conseguiu decidir se gostava ou não. Ele piscou e se apagou com uma espécie de floreio desdenhoso. Arthur então tentou reassegurar-se de que aquilo era apenas um truque ridículo de sua imaginação. Um letreiro em néon estava ligado ou desligado, dependendo de haver ou não eletricidade passando. Não havia nenhuma forma, disse para si mesmo, do letreiro fazer a transição de um estado para o outro com um floreio desdenhoso. Ainda assim, ele abraçou o próprio corpo com força dentro de seu roupão, sentindo um frio na espinha.

O letreiro em néon, nas profundezas, acendeu-se novamente, desorientador, com apenas três pontos e uma vírgula. Assim:

...,

Só que em néon verde.

Arthur percebeu, após olhar perplexo para aquilo durante poucos segundos, que o letreiro tentava indicar que havia mais, que a frase ainda não estava completa. Tentava, refletiu Arthur, com um pedantismo sobre-humano. Ou, pelo menos, desumano.

A sentença completou-se, então, com estas duas palavras:

ARTHUR DENT.

Sobressaltou-se. Fixou novamente o olhar para ter certeza.

O letreiro continuava dizendo ARTHUR DENT, então sobressaltou-se novamente.

Mais uma vez, o letreiro piscou e se apagou, deixando-o no escuro, com a imagem vermelha de seu nome quicando em sua retina.

BEM-VINDO, disse a luz néon em seguida.

Pouco depois, acrescentou:

ACHO QUE NÃO.

O medo gélido que havia pairado sobre Arthur durante todo aquele tempo, esperando um bom momento, percebeu que aquele era um bom momento e caiu sobre ele. Arthur tentou lutar contra ele. Agachou-se em uma espécie de posição de alerta que vira alguém fazer uma vez na televisão, mas deve ter sido alguém com joelhos mais fortes. Ele tentou enxergar escuridão adentro.

– Ahn, oi? – disse.

Limpou a garganta e repetiu a mesma coisa, mais alto e sem o "ahn". Em algum ponto do corredor à sua frente pareceu que alguém havia subitamente começado a bater em um bumbo.

Prestou atenção durante alguns segundos e então percebeu que era apenas seu coração batendo.

Prestou atenção durante mais alguns segundos e percebeu que não era seu coração batendo, mas alguém batendo em um bumbo corredor abaixo.

Gotas de suor se formaram em sua testa, tensionaram-se e depois pularam fora. Colocou uma das mãos no chão para firmar sua posição de alerta, que não estava indo muito bem. O letreiro mudou de novo.

Dizia agora:

NÃO SE PREOCUPE.

Após uma breve pausa, acrescentou:

FIQUE EXTREMAMENTE ASSUSTADO, ARTHUR DENT.

Mais uma vez piscou e apagou-se. Mais uma vez deixou-o em meio à escuridão. Seus olhos pareciam querer sair das órbitas. Não tinha certeza se era porque estava tentando enxergar melhor ou se eles simplesmente queriam cair fora naquele momento.

– Alô? – disse novamente, desta vez tentando colocar em sua voz um tom de autoconfiança agressivo e duro. – Tem alguém aí?

Nenhuma resposta, nada.

Isso irritou Arthur Dent muito mais do que qualquer resposta e ele começou a afastar-se daquele vazio assustador. Quanto mais se afastava, mais assustado ficava. Depois de algum tempo, entendeu que estava com medo por causa de todos os filmes a que tinha assistido, nos quais o herói vai recuando cada vez mais de um suposto perigo à sua frente e acaba esbarrando nele por trás.

Foi exatamente quando pensou que deveria virar-se rapidamente.

Não havia nada lá.

Apenas a escuridão.

Aquilo o deixou realmente nervoso e ele começou a afastar-se de volta para onde tinha vindo.

Depois de um curto tempo, percebeu subitamente que agora estava recuando exatamente para o lugar do qual estivera recuando da primeira vez.

Não pôde deixar de pensar que aquilo devia ser uma completa tolice. Decidiu então que seria melhor recuar da forma como estivera recuando da primeira vez e virou-se novamente.

Acabou que seu segundo instinto estava correto, porque havia um monstro indescritivelmente pavoroso imóvel em silêncio atrás dele. Arthur tremia desesperadamente, enquanto sua pele tentava saltar para um lado e seu esqueleto para o outro. Seu cérebro, enquanto isso, tentava decidir-se por qual das duas orelhas ele realmente desejava sair.

– Aposto que você não esperava me encontrar novamente – disse o monstro, e Arthur achou que era uma observação bem estranha da parte do monstro, uma vez que jamais havia encontrado a criatura antes. Tinha certeza de que nunca havia encontrado a criatura antes pelo simples fato de que conseguia dormir à noite. Aquilo era... aquilo era... aquilo era...

Arthur piscou e olhou novamente. O monstro estava absolutamente imóvel e, pensando bem, tinha algo familiar.

Uma terrível e fria calma apoderou-se dele quando compreendeu que estava olhando para um holograma de uma mosca com quase dois metros de altura.

Perguntou-se por que alguém estaria interessado em mostrar-lhe um holograma de uma mosca com quase dois metros de altura naquele momento. Perguntou-se de quem era aquela voz.

Era um holograma horrivelmente realístico.

Ele desapareceu.

– Ou talvez você se lembre melhor de mim – disse a voz subitamente, e era uma voz profunda, gutural e malevolente, que soava como alcatrão derretido escorrendo de um barril com idéias malignas em sua mente – como o coelho.

Com um súbito *ping*, surgiu um coelho naquele labirinto escuro, um enorme, monstruosa e odiosamente macio e adorável coelho. Novamente era apenas uma imagem, mas cada um dos macios e adoráveis pêlos parecia uma coisa única e real crescendo em sua pele macia e adorável. Arthur surpreendeu-se ao ver seu próprio reflexo naqueles suaves e adoráveis imensos olhos castanhos que não piscavam.

– Nascido na escuridão – rosnou a voz –, criado na escuridão. Uma manhã, pela primeira vez coloquei minha cabeça para fora naquele reluzente mundo novo e ela foi partida ao meio por algo que se parecia muito com um suspeito instrumento primitivo feito de sílex. Feito por você, Arthur Dent, e manejado por você. De forma bastante brutal, pelo que me lembro. Você transformou minha pele em uma sacola na qual guardava pedras interessantes. Fiquei sabendo disso por acaso, já que, em minha vida seguinte, retornei como uma mosca e você me matou. De novo. Só que desta vez você me matou com a bolsa que havia feito com minha pele anterior. Arthur Dent, você não apenas é um homem cruel e desalmado, como também é absurdamente sem tato.

A voz fez uma pausa enquanto Arthur olhava em volta, abestalhado.

– Vejo que você perdeu a bolsa – disse a voz. – Provavelmente se cansou dela, não é?

Arthur sacudiu a cabeça, desesperado. Queria explicar que, na verdade, adorava aquela bolsa e cuidava dela com muito cuidado e a levava com ele para onde quer que fosse, mas, por algum motivo, sempre que viajava para algum lugar acabava inexplicavelmente com uma outra sacola e que, muito peculiarmente, naquele exato momento havia notado pela primeira vez que a sacola que estava carregando agora parecia ser feita de uma imitação fajuta de pele de leopardo que não era a mesma que estava com ele pouco antes de ter chegado naquele qualquer lugar que fosse, e que aquela não era uma sacola que, pessoalmente, ele teria escolhido, e só Deus sabe o que poderia ter lá dentro – posto que não era dele –, e que gostaria muito de ter novamente sua sacola original, exceto, claro, pelo fato de lamentar profundamente ter removido tão peremptoriamente a dita sacola, ou melhor dizendo, ter removido as partes que a constituíam, ou seja, a pele de coelho, de seu dono anterior, seja dito o coelho ao qual tinha, naquele instante, a honra de tentar em vão dirigir-se.

Na prática, tudo que conseguiu dizer foi:

– Eh...

– Veja agora a salamandra na qual você pisou.

E lá estava, no mesmo corredor que Arthur, uma gigantesca salamandra verde escamada. Arthur se virou, gritou, pulou para trás e viu-se de pé no meio do coelho. Gritou de novo, mas não achou outro lugar para onde pular.

– Essa também era eu – prosseguiu a voz, em tom grave e ameaçador –, como se você não soubesse...

– Saber? – disse Arthur, espantado. – Saber?

– A coisa mais interessante sobre a reencarnação – rosnou a voz – é que a maioria das pessoas, a maioria dos espíritos não percebem o que está acontecendo com eles.

Fez uma pausa dramática. Na opinião de Arthur, já havia drama suficiente naquilo tudo.

– Eu tinha consciência – sussurrou a voz –, ou melhor, eu me tornei consciente. Lentamente. Gradualmente.

Ele, quem quer que fosse, parou novamente e tomou fôlego:

– Não podia evitar, não é mesmo? – berrou – A mesma coisa continuava acontecendo, de novo, de novo, de novo! Em cada vida que já vivi fui morto por Arthur Dent. Qualquer mundo, qualquer corpo, qualquer tempo, assim que estou me acostumando, lá vem Arthur Dent e, paft!, me mata. Difícil não notar, não é? Meio que um lembrete. Meio que um marcador. Meio que uma maldita pista! "Engraçado", dizia meu espírito para si mesmo enquanto ele voava de volta para o vazio da não-existência após outra aventura na terra dos vivos, terminada por Dent, "...engraçado que aquele homem que acabou de me atropelar, enquanto eu saltitava através da estrada em direção a meu lago favorito, me pareceu familiar..." Aos poucos, então, consegui juntar as peças, Dent, seu maníaco multiassassino de mim.

Os ecos da voz reverberavam para cima e para baixo dos corredores. Arthur permaneceu silencioso e frio, sacudindo a cabeça, sem acreditar.

– Eis o momento, Dent – grasnou a voz, agora atingindo um tom de ódio febril –, eis o momento em que eu finalmente soube!

A coisa que subitamente se abriu diante de Arthur era indescritivelmente horrenda, fazendo-o engolir em seco e gorgolejar de terror, mas vamos fazer uma tentativa de descrever quão horrenda a coisa era. Era uma enorme e pulsante caverna úmida com uma imensa e gosmenta criatura similar a uma baleia rolando dentro dela e escorregando sobre monstruosas lápides brancas. No alto da caverna havia um vasto promontório no qual se podia ver os recessos escuros de outras duas terríveis cavernas, as quais...

Arthur Dent percebeu subitamente que estava olhando para sua própria boca, quando sua atenção deveria estar concentrada na ostra viva que estava sendo irremediavelmente enfiada dentro dela.

Cambaleou para trás gritando e desviou os olhos.

Quando abriu novamente os olhos viu que a terrível aparição tinha sumido. O corredor estava escuro e, por alguns instantes, silencioso. Estava sozinho com seus pensamentos.

Eram pensamentos extremamente desagradáveis e ele preferia ter um acompanhante por perto.

O próximo barulho que ouviu foi o tremor grave e maciço de uma grande parte da parede se abrindo para o lado, revelando, por enquanto, apenas uma negra escuridão atrás dela. Arthur olhou para dentro da mesma forma que um rato olha para dentro de um canil escuro.

E a voz dirigiu-se a ele novamente.

– Diga-me que foi apenas coincidência, Dent. Eu o desafio a dizer que foi apenas coincidência.

– Foi uma coincidência – disse Arthur, rapidamente.

– Não foi não! – retrucou a voz com um berro.

– Foi – disse Arthur –, foi sim...

– Se foi apenas coincidência, então meu nome – ribombou a voz – não é Agrajag.

– Devo presumir – disse Arthur – que você afirma que era esse o seu nome.

– Sim! – retrucou Agrajag, como se tivesse completado um brilhante silogismo.

– Bem, lamento dizer que ainda assim foi apenas coincidência – disse Arthur.

– Venha até aqui e repita isto! – urrou a voz, novamente em fúria.

Arthur entrou lá e disse que era uma coincidência, ou melhor, quase conseguiu dizer que era uma coincidência. Sua língua meio que perdeu o passo perto do final da última palavra porque as luzes se acenderam e ele pôde ver onde havia entrado.

Era uma Catedral do Ódio.

Era produto de uma mente não apenas retorcida, mas completamente distendida.

Era enorme. E terrível.

Tinha uma Estátua nela.

Mas voltaremos à Estátua em breve.

Aquela vasta, incompreensivelmente vasta câmara parecia ter sido escavada no interior de uma montanha – o que se devia precisamente ao fato de ela ter sido escavada no interior de uma montanha. Arthur sentia tudo girando de forma nauseante em torno de sua cabeça enquanto tentava olhar para a câmara.

Era negra.

Onde não era negra seria geralmente desejável que fosse, por conta das cores escolhidas para alguns dos indizíveis detalhes. As cores percorriam pavorosamente todo o espectro de cores nauseantes, indo do Ultraviolento ao Infravermicida, passando pelo Púrpura Fígado, Lilás Execrável, Amarelo Vômito, sem deixar de lado o Hombre Cremado e Gan Grená.

Os detalhes indizíveis nos quais essas cores foram usadas eram gárgulas que teriam feito Francis Bacon desistir de seu almoço.

Todas as gárgulas olhavam para dentro, afixadas nas paredes, nos pilares, nos contrafortes, nos assentos do coro – todas olhavam em direção à Estátua, a respeito da qual falaremos em breve.

E, se as gárgulas teriam feito Francis Bacon desistir de seu almoço, ficava claro, pela cara das gárgulas, que a Estátua teria feito com que elas desistissem de seu próprio almoço. Isso, claro, se estivessem vivas para comê-lo – coisa que não estavam – e se alguém tivesse tentado servir-lhes um almoço – coisa que não fizeram.

Nas monumentais paredes havia enormes placas de pedra em memória daqueles que haviam sido mortos por Arthur Dent.

Os nomes de alguns dos imortalizados estavam sublinhados e tinham asteriscos ao seu lado. Por exemplo, o nome de uma vaca que foi abatida e da qual Arthur por acaso comeu um filé tinha seu nome gravado sem destaque, enquanto o nome de um peixe, que o próprio Arthur pescou, depois decidiu que não gostou e finalmente deixou no canto do prato, estava sublinhado duas vezes, com três asteriscos e uma adaga ensangüentada acrescentados como decoração para deixar as coisas bem claras.

O mais perturbador em tudo isso – tirando a Estátua, que estamos aos poucos introduzindo, por etapas – era a implicação muito clara de que todas aquelas pessoas e criaturas eram de fato uma só, repetidas vezes.

Estava igualmente claro que aquela pessoa estava, ainda que de forma injusta, muito chateada e irritada.

Na verdade, seria razoável dizer que aquela pessoa tinha atingido um nível de irritação jamais visto no Universo. Era uma irritação de proporções épicas, uma chama flamejante e ardente de irritação, uma irritação que abrangia todo o tempo e o espaço em sua infinita sombra.

E esta irritação tinha sido expressa da forma mais contundente na Estátua que ficava no centro de toda essa monstruosidade, que era uma estátua de Arthur Dent, não muito lisonjeira, por sinal. Com 15 metros contados, não havia um centímetro nela que não estivesse cheio de insultos àquele lá representado, e 15 metros de insultos seriam suficientes para fazer qualquer um sentir-se mal. Desde a pequena espinha ao lado de seu nariz até o horrível corte de seu roupão, nenhum aspecto de Arthur Dent deixou de ser esculhambado e vilipendiado pelo escultor.

Arthur era mostrado como uma górgona, um ogro malvado, voraz e faminto por sangue, massacrando tudo em sua passagem pelo inocente Universo de um só homem.

Com cada um dos 30 braços que o escultor, num ímpeto de fervor artístico, havia decidido lhe dar, a Estátua estava esmagando a cabeça de um coelho, matando uma mosca, partindo um osso da sorte, arrancando um piolho do cabelo ou fazendo alguma coisa que Arthur não conseguiu identificar na primeira vez.

Seus muitos pés estavam basicamente esmagando formigas.

Arthur cobriu os olhos com as mãos, inclinou a cabeça e sacudiu-a lentamente de um lado para o outro, diante da tristeza e do horror evocados por toda aquela maluquice.

Quando reabriu os olhos, viu à sua frente o homem ou criatura, ou o que quer que fosse, que supostamente ele estava perseguindo o tempo todo.

– RrrrrrrrhhhhhhaaaaaaaaHHHHHHHH! – disse Agrajag.

Ele, ou aquilo, ou o que fosse, parecia um morcego gordo enlouquecido. Caminhou lentamente em torno de Arthur, cutucando-o com suas garras recurvadas.

– Olhe....! – reclamou Arthur.

– RrrrrrrrhhhhhhaaaaaaaaHHHHHHHH! – explicou Agrajag, e Arthur aceitou aquilo, relutantemente, pelo simples fato de estar bastante assustado por aquela medonha e estranhamente disforme aparição.

Agrajag era negro, inchado, enrugado e coriáceo.

Suas asas de morcego eram ainda mais assustadoras por serem coisas pateticamente quebradas e desajeitadas do que se fossem asas fortes e musculosas. A coisa mais terrível era provavelmente a tenacidade de sua existência, que continuava apesar de violar todas as probabilidades da física.

Tinha uma coleção de dentes muito impressionante.

Era como se cada um deles tivesse vindo de um animal diferente e depois tivessem sido arrumados dentro de sua boca em ângulos tão bizarros que, se ele realmente fosse tentar mastigar alguma coisa, parecia que iriam dilacerar metade de sua própria face ao mesmo tempo, além de arrancar um olho.

Cada um dos três olhos era pequeno e intenso, parecendo ter a mesma sanidade de um peixe em um arbusto.

– Foi numa partida de críquete – disse, rancoroso.

Diante de tudo que estava acontecendo, Arthur achou que isso era uma noção tão absurda que praticamente se engasgou.

– Não neste corpo – grasnou a criatura –, não neste corpo! Este é meu último corpo. Minha última vida. É meu corpo para a vingança. Meu corpo para matar Arthur Dent. Minha última chance, e ainda tive que lutar para consegui-la.

– Mas...

– Foi em uma – esbravejou Agrajag – partida de críquete! Eu tinha um coração fraco, com problemas, mas o que poderia me acontecer, disse para a minha mulher, em uma partida de críquete? E lá estava eu, vendo o jogo, e o que aconteceu? Duas pessoas surgiram do nada, maliciosamente, à minha frente. A última coisa que não pude deixar de notar antes que meu pobre coração pifasse por conta do choque foi que uma delas era Arthur Dent usando um osso de coelho em sua barba. Coincidência?

– Sim – disse Arthur.

– Coincidência? – gritou a criatura, dolorosamente esmigalhando suas asas quebradas e abrindo uma pequena ferida em sua bochecha direita com um dente particularmente nojento. Olhando mais de perto, coisa que vinha tentando evitar, Arthur notou que boa parte da face de Agrajag estava coberta por pedaços de band-aid preto.

Afastou-se nervosamente. Passou a mão pela barba. Ficou perplexo ao descobrir que ainda estava com o osso de coelho enfiado nela. Arrancou-o e jogou fora.

– Olhe – disse ele –, é apenas o destino fazendo travessuras com você. E comigo. Conosco. É uma completa coincidência.

– O que você tem contra mim, Dent? – rosnou a criatura, avançando contra ele e mancando dolorosamente ao fazê-lo.

– Nada – insistiu Arthur. – Honestamente, nada.

Agrajag olhou para ele com intensidade.

– Matar uma pessoa o tempo todo me parece uma forma bem estranha de se relacionar com alguém contra quem você não tem nada. Eu diria mesmo que é uma forma bem peculiar de interação social. Também diria que é uma mentira!

– Mas, veja – disse Arthur –, realmente lamento muito. Houve um terrível engano. E preciso ir. Você tem um relógio? Eu deveria estar ajudando a salvar o Universo. – Afastou-se ainda mais.

Agrajag aproximou-se ainda mais.

– Houve um ponto – disse ele – em que havia resolvido desistir. Sim, eu não voltaria mais. Ficaria no mundo dos mortos. E o que aconteceu?

Arthur sacudiu aleatoriamente a cabeça para indicar que não tinha a menor idéia e nem queria ter uma. Percebeu que havia recuado até encostar-se na pedra preta que havia sido escavada sabe-se lá por meio de que esforço hercúleo e transformada em uma imitação grotesca de seus chinelos. Ele olhou para cima, para a horrenda paródia de si mesmo que se erguia acima dele. Continuava sem entender o que uma de suas mãos estaria fazendo.

– Fui involuntariamente precipitado de volta no mundo físico – prosseguiu Agrajag – como um ramalhete de petúnias. Dentro de um vaso, devo acrescentar. Esta vidinha particularmente feliz começou comigo, em meu vaso, sem nenhum apoio, 500 quilômetros acima da superfície de um planeta particularmente sombrio. Não era, como você talvez tenha pensado, uma posição naturalmente sustentável para um vaso de petúnias. Você estaria certo em pensar assim. Aquela vida terminou muito pouco tempo depois, 500 quilômetros abaixo. Dentro dos restos de um cachalote despedaçado, devo acrescentar. Meu irmão espiritual.

Olhou maliciosamente para Arthur com um ódio ainda maior.

– Enquanto caía – rosnou –, não pude deixar de notar uma bela espaçonave branca. Observando por uma portinhola dessa bela espaçonave branca, com cara de espertalhão, estava Arthur Dent. Coincidência?

– Sim! – gritou Arthur. Olhou novamente para cima e viu que o braço que o intrigava fora representado como chamando à existência um vaso de petúnias condenado. Definitivamente não era um conceito fácil de se apreender.

– Preciso ir – insistiu Arthur.

– Você pode ir – respondeu Agrajag – logo depois que eu o matar.

– Infelizmente não vai dar – explicou Arthur, começando a subir pela inclinação na rocha em que seus chinelos haviam sido esculpidos –, porque eu tenho que salvar o Universo, entende? Tenho que encontrar uma Trave de Prata, este é o objetivo. É muito difícil fazer isso quando se está morto.

– Salvar o Universo! – repetiu Agrajag, com desprezo. – Você deveria ter pensado nisso antes de começar sua vendeta contra mim! O que você me diz daquela vez quando estava em Stavromula Beta e alguém...

– Nunca estive lá – interrompeu Arthur.

– ...tentou assassiná-lo, mas você se abaixou? Quem você acha que a bala atingiu? O que você disse mesmo?

– Nunca estive lá – repetiu Arthur. – Do que você está falando? Tenho que ir.

Agrajag parou, pensativo.

– Você tem que ter estado lá. Você foi o responsável por minha morte lá, assim como em todos os outros lugares. Eu estava passando inocentemente! – Ele tremia.

– Nunca ouvi falar desse lugar – insistiu Arthur. – E certamente ninguém nunca tentou me assassinar. A não ser você. Talvez eu possa ir lá mais tarde, o que você acha?

Agrajag piscou lentamente, paralisado por uma espécie de horror lógico.

– Você não esteve em Stavromula Beta... ainda? – disse em voz baixa.

– Não – disse Arthur. – Não tenho a menor idéia do que seja esse lugar. Nunca estive lá nem planejo ir lá.

– Ah, mas com certeza vai – disse Agrajag com a voz trêmula –, você certamente vai para lá. Ah, por Zárquon! – ele cambaleou, olhando desesperadamente em volta para sua imensa Catedral do Ódio. – Trouxe você para cá cedo demais!

Começou a gritar e a urrar.

– Que zarquada! Eu trouxe você aqui antes do tempo.

Subitamente se recompôs e lançou um olhar maligno e cheio de ódio para Arthur.

– Vou matar você assim mesmo! – vociferou. – Mesmo que seja uma impossibilidade lógica, por Zárquon, vou tentar! Vou explodir toda essa montanha!

Gritou:

– Vamos ver como você escapa desta, Arthur!

Ainda mancando dolorosamente, arrastou-se rapidamente até o que parecia ser um pequeno altar para sacrifícios, pequeno e negro. Gritava tão histericamente naquele momento que seu rosto estava ficando muito machucado. Arthur pulou do lugar para onde tinha subido, na escultura de seu próprio pé, e tentou correr para deter a criatura quase totalmente enlouquecida.

Saltou sobre ela, fazendo com que aquela estranha monstruosidade se espatifasse sobre o altar.

Agrajag gritou novamente, debateu-se furiosamente por um curto momento, depois lançou um olhar esbugalhado para Arthur.

– Você sabe o que fez agora? – disse, sem fôlego e dolorosamente. – Você simplesmente me matou mais uma vez. Afinal, o que quer de mim: sangue?

Debateu-se novamente em um breve ataque apoplético, estremeceu e, ao fazê-lo, finalmente caiu sobre um grande botão vermelho no altar.

Arthur sentiu um enorme medo e horror, primeiro pelo que acabara de fazer e depois por causa das barulhentas sirenes e sinos que subitamente encheram o ar, anunciando alguma terrível emergência. Olhou desesperado ao seu redor.

A única saída parecia ser o caminho pelo qual havia entrado. Saiu correndo naquela direção, deixando para trás a bolsa feita com uma imitação fajuta de pele de leopardo.

Corria sem rumo, aleatoriamente, através do estranho labirinto, parecendo ser perseguido cada vez mais ferozmente por buzinas, sirenes e luzes piscando.

De repente virou em um corredor e à sua frente havia luz.

Não estava piscando. Era a luz do dia.

capítulo 19

Ainda que tenham dito que, em toda a nossa Galáxia, apenas na Terra o Krikkit (ou críquete) é tratado como um assunto adequado para um jogo e que, por este motivo, ela tenha sido posta à parte, isso só se aplica à nossa Galáxia e, mais especificamente, à nossa dimensão. Em algumas das dimensões mais elevadas as pessoas acreditam que é possível se divertir pelo menos um pouco, e eles têm jogado algo muito peculiar, chamado Ultracríquete Broquiano, durante seja lá qual for o equivalente transdimensional deles para bilhões de anos.

"Sejamos sinceros, é um jogo asqueroso" – diz O *Guia do Mochileiro das Galáxias* –, "mas, por outro lado, qualquer um que já tenha ido até uma das dimensões mais elevadas sabe que são todos uns bárbaros nojentos por lá, que deveriam ser destruídos e massacrados, e na verdade já teriam sido, se alguém conseguisse descobrir uma forma de disparar mísseis em ângulos retos em relação à realidade."

Este é mais um exemplo do fato de que O *Guia do Mochileiro das Galáxias* dará emprego a qualquer um que simplesmente esteja passando e decida entrar para ser explorado, especialmente se a pessoa em questão resolver entrar na parte da tarde, quando há pouca gente da equipe regular por lá.

Há um ponto fundamental que deve ser compreendido aqui.

A história do *Guia do Mochileiro das Galáxias* é feita de idealismo, lutas, desespero, paixão, sucesso, fracasso e pausas para almoço absurdamente longas.

As origens mais antigas do *Guia* estão agora, assim como a maioria de seus registros financeiros, perdidas na névoa do tempo.

Para conhecer melhor outras teorias ainda mais estranhas sobre onde exatamente isso tudo está perdido, veja a seguir.

Muitas das histórias que permaneceram, contudo, falam de um editor-fundador chamado Hurling Frootmig.

Segundo a lenda, Hurling Frootmig fundou o *Guia*, estabeleceu seus princípios fundamentais de honestidade e idealismo e depois foi à falência.

Seguiram-se muitos anos de penúria e de um profundo exame da alma durante os quais ele consultou amigos, sentou-se em salas escuras em estados ilegais da mente, pensou sobre uma coisa e outra, brincou com pesos, e depois, pouco após um encontro casual com os Sagrados Frades Almoçadores de Voondon – cuja crença era de que, assim como o almoço fica no centro temporal do dia dos homens, e o centro temporal do dia dos homens pode ser visto como uma analogia para sua vida espiritual, então o almoço deveria ser: (a) visto como o centro da vida espiritual dos homens e (b) feito em excelentes restaurantes –, ele recriou o *Guia*, estabeleceu seus princípios fundamentais de honestidade, idealismo e de onde você pode enfiar os dois, fazendo com que o *Guia* atingisse seu primeiro grande sucesso comercial.

Ele também começou a desenvolver e explorar o papel editorial da pausa para almoço, que iria em seguida assumir uma papel tão relevante na história do *Guia*, já que isso significava que a maioria do trabalho real era feito por qualquer estranho que estivesse casualmente passando pelos escritórios vazios na parte da tarde e encontrasse algo interessante para fazer.

Pouco tempo depois, o *Guia* foi englobado pela Editora Megadodo de Beta de Ursa Menor, o que colocou o *Guia* em excelente situação financeira e permitiu que seu quarto editor, Lig Lury Jr., pudesse se dedicar a pausas para almoço de porte tão fenomenal que nem mesmo os esforços de editores mais recentes, que começaram a organizar pausas para almoço patrocinadas para caridade, parecem ser míseros sanduíches em contraste.

Na verdade, Lig nunca se desligou formalmente de seu cargo como editor – apenas saiu de seu escritório tarde, numa manhã, e nunca mais voltou. Apesar de já ter se passado mais de um século, muitos membros da equipe do *Guia* ainda mantêm a idéia romântica de que ele apenas saiu para comer um croissant e ainda voltará para trabalhar pesado na parte da tarde.

Estritamente falando, todos os editores desde Lig Lury Jr. têm sido designados como Editores Interinos e a mesa de Lig ainda é preservada exatamente como ele a deixou, com o acréscimo de uma pequena plaqueta onde está escrito: "Lig Lury Jr., Editor. Desaparecido, presumivelmente alimentado".

Algumas fontes muito mal-intencionadas e subversivas persistem na idéia de que, na verdade, Lig morreu em uma das extraordinárias experiências iniciais do *Guia* em contabilidade alternativa. Muito pouco se sabe a respeito disso e menos ainda é dito. Qualquer um que tenha sequer notado ou, ainda pior, chamado a atenção para o fato curioso – mas completamente acidental e sem sentido – de que todos os mundos nos quais o *Guia* abriu um departamento de contabilidade tenham sido pouco depois destruídos por guerras ou desastres naturais é passível de ser processado até o último centavo.

Apesar de uma coisa não ter nada a ver com a outra, é interessante notar que, nos dois ou três dias anteriores à demolição do planeta Terra para abrir caminho para uma nova via expressa hiperespacial, tenha havido um aumento dramático no número de OVNIS avistados naquele planeta, não apenas sobre o Lord's Cricket Ground em St. John's Wood, Londres, mas também sobre a cidade de Glastonbury, em Somerset.

Glastonbury sempre esteve associada a mitos de antigos reis, bruxaria, linhas de força *ley* e curas de verrugas. Agora havia sido designada como localização do novo escritório do departamento financeiro do *Guia do Mochileiro das Galáxias* e, de fato, cerca de dez anos de registros financeiros foram transferidos para uma colina mágica nos arredores da cidade poucas horas antes da chegada dos vogons.

Nenhum desses fatos, por mais estranhos ou inexplicáveis que possam parecer, é tão estranho ou inexplicável quanto as regras do Ultracríquete Broquiano, tal como é jogado nas dimensões mais elevadas. O conjunto completo das regras é tão maciçamente complicado que, na única vez em que foram encadernadas em um único volume, sofreram um colapso gravitacional e transformaram-se num buraco negro.

Um pequeno resumo, contudo, seria mais ou menos o seguinte:

Regra número 1: Deixe crescer pelo menos três pernas adicionais. Você não irá precisar delas, mas isso entretém os espectadores.

Regra número 2: Encontre um bom jogador de Ultracríquete Broquiano. Faça alguns clones a partir dele. Isso elimina o tedioso processo de escolher e treinar os jogadores.

Regra número 3: Coloque o seu time e o time adversário em um campo bem grande, depois construa uma parede bem alta ao redor deles.

O motivo é que, apesar de o jogo atrair grandes multidões, a frustração que os espectadores sentem por não conseguirem realmente ver o que está acontecendo faz com que imaginem que o jogo é muito mais interessante do que realmente é. Uma multidão que tenha acabado de assistir a uma partida chata tem uma experiência de afirmação da vida muito menor do que uma multidão que acredita ter acabado de perder o evento mais incrível em toda a história dos esportes.

Regra número 4: Jogue um monte de acessórios variados para a prática de esportes por cima da parede para os jogadores. Qualquer coisa serve – bastões de críquete, bastões de *basecube*, pistolas de tênis, esquis e qualquer outra coisa que possa ser usada para bater.

Regra número 5: Os jogadores devem, então, procurar acertar uns aos outros com a maior força possível, usando aquilo que tiverem nas mãos. Sempre que um jogador "acertar" outro jogador, o primeiro deve imediatamente sair correndo e desculpar-se de uma distância segura.

As desculpas devem ser concisas, sinceras e, para maior clareza e obtenção de mais pontos, precisam ser ditas usando um megafone.

Regra número 6: O time vencedor será o primeiro time que vencer.

Muito curiosamente, quanto mais popular esse jogo se torna nas dimensões mais elevadas, menos ele é praticado de fato, já que os times competidores, na maioria, estão atualmente em estado de permanente guerra uns com os outros a respeito da interpretação dessas regras. Isso tudo é muito bom, porque, a longo prazo, um boa e sólida guerra gera menos danos psicológicos do que um jogo maçante de Ultracríquete Broquiano.

capítulo 20

Enquanto Arthur corria em disparada pela encosta da montanha, pulando e arfando, subitamente sentiu toda a montanha se mexer muito, muito ligeiramente embaixo dele. Houve um ribombo, um rugido e um movimento sutil e borrado, depois uma onda de calor surgiu atrás e acima dele. Corria em pânico total. A terra começou a tremer e ele compreendeu, naquele momento, a força existente na expressão "tremor de terra" de uma forma que nunca tinha compreendido antes. Havia sido sempre uma expressão qualquer para ele, mas naquele momento percebeu, apavorado, que "tremer" é uma coisa muito estranha e nauseabunda para a terra fazer. Pior, estava fazendo aquilo enquanto ele estava em cima dela. Sentiu-se tomado por medo e tremores. O chão se moveu, a montanha se agitou, ele escorregou, se levantou, escorregou de novo e correu. A avalanche começou.

Pedras, depois pedregulhos, depois rochas quicavam e passavam por ele como cachorrinhos desajeitados, só que muito, muito maiores, muito, muito mais duros e pesados e infinitamente mais capazes de matá-lo caso caíssem em cima dele. Seus olhos balançavam com eles e seus pés balançavam com o chão balançante. Corria como se correr fosse uma terrível doença, seu coração ribombando no ritmo daquela ribombante histeria geológica a seu redor.

A lógica da situação – ou seja, que ele estava obviamente destinado a sobreviver para que o próximo incidente previsto na saga de sua perseguição acidental a Agrajag pudesse acontecer – estava miseravelmente falhando na tarefa de se impor dentro da mente de Arthur ou mesmo de exercer qualquer tipo de influência repressora sobre ele naquele momento. Corria com o medo da morte dentro dele, abaixo dele, sobre ele e mesmo segurando seus cabelos.

E subitamente tropeçou outra vez e foi lançado para a frente com uma velocidade considerável. Mas, justamente no momento em que estava próximo a se chocar com o chão de forma boçalmente brutal, ele viu, jogada pouco à frente, uma pequena bolsa azul-marinho que tinha certeza de ter perdido no aeroporto de Atenas cerca de dez anos antes, contando por sua escala de tempo, e, em sua total perplexidade, errou o chão completamente e ficou pairando no ar com sua mente cantarolando.

O que ele estava fazendo era o seguinte: estava voando. Olhou em volta, muito surpreso, mas não tinha como duvidar do que estava fazendo. Nenhuma parte de seu corpo estava tocando o chão, e nenhuma parte de seu corpo estava sequer próxima ao chão. Ele simplesmente flutuava ali, com as rochas rasgando o ar em torno dele.

Agora ele podia fazer algo a respeito. Piscando com o não-esforço da coisa, subiu mais e agora as rochas estavam rasgando o ar abaixo dele.

Olhou para baixo com enorme curiosidade. Entre ele e o solo trêmulo havia cerca de dez metros de ar vazio – ou, pelo menos, vazio se fossem descontadas as rochas que não passavam muito tempo ali, posto que continuavam sua descida atribulada, puxadas pelas mãos de ferro da lei da gravidade. A mesma lei que, aparentemente, acabara de dar umas férias para Arthur.

Ele pensou, quase instantaneamente, com a precisão instintiva que a autopreservação impõe à mente, que ele não devia pensar sobre aquilo, pois, se o fizesse, a lei da gravidade imediatamente olharia de forma cruel em sua direção e exigiria saber o que ele estava fazendo lá em cima, daí tudo estaria perdido.

Então decidiu pensar sobre tulipas. Era difícil, mas conseguiu. Pensou em como sua base era firme e arredondada, pensou na interessante variedade de cores existentes e pensou na proporção do total de tulipas que cresciam, ou haviam crescido na Terra, no raio de um quilômetro em torno de um moinho de vento. Após algum tempo ficou perigosamente cansado desses pensamentos, sentiu o ar fugindo abaixo dele, sentiu que estava descendo novamente para o nível das rochas sobre as quais estava se esforçando tanto para não pensar, então pensou no aeroporto de Atenas durante algum tempo e isso o manteve convenientemente aborrecido durante uns cinco minutos, ao final dos quais ele percebeu, sobressaltado, que agora flutuava a uns 200 metros do chão.

Pensou por alguns instantes sobre como voltaria para o chão, mas instantaneamente desistiu dessa área de especulação novamente e tentou encarar a situação.

Estava voando. O que podia fazer a respeito? Olhou novamente para o chão. Não olhou com muita firmeza, apenas fez o melhor para olhar de relance, como se não quisesse nada, *en passant*. Havia algumas coisas que não podia deixar de notar. Uma era que a erupção da montanha parecia ter terminado: havia uma cratera pouco abaixo do pico, provavelmente onde a rocha havia colapsado sobre a enorme caverna da catedral, sua estátua e a triste figura de Agrajag.

A outra era sua bolsa, aquela que havia perdido no aeroporto de Atenas. Estava jogada numa clareira, cercada por rochedos que haviam caído, mas aparentemente não havia sido atingida por nenhum deles. Não podia sequer especular sobre o porquê disso ter acontecido, mas, uma vez que este era um mistério ínfimo ante a monstruosa impossibilidade da bolsa ter aparecido por lá, não era uma especulação com a qual quisesse se preocupar muito. O importante era que a bolsa estava lá. E a detestável bolsa de uma imitação fajuta de pele de leopardo parecia haver desaparecido, o que era algo bom, ainda que completamente inexplicável.

O fato é que teria que apanhar aquela bolsa. Lá estava ele, voando 200 metros acima da superfície de um planeta alienígena cujo nome nem mesmo sabia. Não podia ignorar a postura tocante daquele pequeno pedaço do que costumava ser sua vida, ali, distante vários anos-luz dos restos pulverizados de sua casa.

Além disso, pensou, a bolsa, se ainda estivesse no estado em que a havia deixado, teria lá dentro uma lata do único azeite de oliva grego ainda restante no Universo.

Lenta e cuidadosamente, palmo a palmo, começou a oscilar para baixo, deslizando suavemente de um lado para o outro como uma folha de papel tensa que estivesse tateando seu caminho em direção ao chão.

Estava funcionando e ele se sentia bem. O ar lhe dava suporte, mas deixava-o passar. Dois minutos mais tarde estava flutuando a meio metro da bolsa e se deparou com uma decisão difícil. Estava oscilando ali, gentilmente. Franziu o rosto, mas apenas levemente.

Se ele pegasse a bolsa, seria capaz de carregá-la? Poderia o peso extra puxá-lo imediatamente de volta para o chão?

Poderia o mero ato de tocar algo que estava no chão subitamente descarregar seja qual fosse aquela misteriosa força que o mantinha flutuando?

Poderia ele ser minimamente sensato naquele momento e descer do ar, voltar ao chão por algum tempo?

Se o fizesse, seria capaz de voar novamente?

A sensação, quando se permitia pensar nela, era plena de um êxtase tão calmo que não podia sequer pensar em perdê-la, talvez para sempre. Preocupado com isso, ele oscilou um pouco mais para cima novamente, apenas para se deixar levar pela sensação, aquele movimento surpreendentemente sem esforço. Oscilou, flutuou. Tentou até mesmo um pequeno rasante.

O rasante foi incrível. Com seus braços abertos à frente, os cabelos e seu roupão tremulando com o vento, ele mergulhou do céu, flutuou sobre uma massa de ar a meio metro do chão e então subiu novamente, parando no ápice da curva e mantendo-se lá. Apenas se mantendo por lá.

Era incrível.

E aquela era, percebeu, a forma de pegar a bolsa. Iria dar um rasante e pegá-la quando estivesse mais próximo do solo. Carregaria a bolsa com ele quando subisse novamente. Talvez seu vôo sofresse com algumas turbulências, mas estava certo de que podia manter-se no ar.

Tentou mais uns mergulhos para praticar e saiu-se cada vez melhor. O ar em seu rosto, a sensação em seu corpo, tudo se juntava para fazer com que sentisse seu espírito inebriado de uma maneira que não sentia desde, desde – bom, até onde conseguia se lembrar –, desde que nascera. Deixou-se levar pela brisa e observou os arredores, que eram, como percebeu, muito feios. Tinham uma aparência desolada, destruída. Decidiu não mais olhar aquilo. Iria apenas pegar a bolsa e então... não sabia bem o que fazer após pegar a bolsa. Decidiu que iria apenas pegar a bolsa e ver como as coisas caminhavam depois.

Colocou-se contra o vento, foi contra ele e virou-se. Flutuava sobre seu corpo. Ele não percebia, mas àquela altura seu corpo estava uilomeando.

Agachou-se sob a corrente de ar, deu impulso e mergulhou.

O ar soprava ao passar, enquanto ele se deliciava com isso. O chão vacilou, depois colocou suas idéias em ordem e subiu suavemente para encontrá-lo, oferecendo-lhe a bolsa, com suas alças de plástico quebradiças voltadas em sua direção.

Na metade do caminho houve um rápido mas perigoso momento em que ele não podia acreditar que estivesse fazendo aquilo – e, assim, por pouco não deixou de estar –, mas recuperou-se a tempo, tirou um rasante do solo, passou um braço suavemente pelas alças da bolsa e começou a subir de novo, mas não conseguiu e de repente caiu, arranhado, esfolado e revirando-se no solo de pedras.

Levantou-se imediatamente e girou descontroladamente, sacudindo a bolsa em total desespero e desapontamento.

Seus pés voltaram a ficar colados ao chão da forma que sempre estiveram. Seu corpo parecia um incômodo saco de batatas que se revirava batendo contra o chão e sua mente tinha toda a leveza de uma bolsa de chumbo.

Ele caiu, dobrou-se e sofreu com a vertigem. Tentou correr, inutilmente, mas suas pernas estavam fracas demais. Tropeçou e estatelou-se no chão. Foi então que lembrou que, naquela sacola, não apenas havia a lata de azeite grego como também a cota máxima permitida de *retsina* – vinho grego –, e, com o agradável choque causado por esta descoberta, deixou de notar durante pelo menos dez segundos que estava voando novamente.

Riu e chorou cheio de alívio e prazer, além de puro deleite físico. Mergulhou, girou, deslizou e flutuou pelo ar. Com ar blasé, sentou-se em uma ascendente e revirou o conteúdo da bolsa. Sentia-se da mesma forma que imaginava que os anjos deveriam sentir-se durante sua famosa dança sobre a cabeça de um alfinete enquanto os filósofos tentavam contá-los. Riu prazerosamente ao ver que a bolsa de fato continha o azeite grego, a *retsina*, assim como um par de óculos escuros rachados, alguns calções de banho cheios de areia, alguns cartões-postais amassados de Santorini, uma grande e feiosa toalha, algumas pedras interessantes e vários pedacinhos de papel com o endereço de pessoas que ele pensava, muito aliviado, que jamais encontraria de novo, mesmo que a razão para tal fosse triste. Jogou fora as pedras, colocou os óculos escuros e deixou os pedacinhos de papel serem levados pelo vento.

Dez minutos mais tarde, enquanto flutuava despreocupadamente em uma nuvem, foi atingido no cóccix por uma enorme e incrivelmente obscena festa.

capítulo 21

A mais longa e destrutiva festa já realizada está agora em sua quarta geração e, ainda assim, ninguém dá sinais de querer sair. Certa vez alguém olhou para o relógio, mas isso foi há 11 anos e a coisa parou por aí.

A bagunça é extraordinária, algo em que você só acreditaria vendo, mas, se você não tiver nenhuma necessidade específica de acreditar, melhor não ir, porque você não vai gostar de lá.

Recentemente houve alguns estrondos e luzes em meio às nuvens e surgiu uma teoria de que fosse uma batalha em andamento entre frotas de diversas empresas rivais de limpeza de carpetes que sobrevoam a coisa como se fossem urubus, mas não se deve acreditar em tudo que se escuta em festas, sobretudo não nas coisas que se ouve nessa festa.

Um dos problemas – e um que obviamente só vai piorar – é que todas as pessoas na festa são filhos, netos ou bisnetos das pessoas que não saíram de lá no início de tudo e, por conta de todas aquelas baboseiras sobre seleção natural e genes recessivos, isso significa que todas as pessoas que estão agora na festa ou são fanáticos por festas ou completos imbecis ou – o que é cada vez mais freqüente – ambas as coisas.

De qualquer forma isso significa que, geneticamente falando, cada nova geração está menos propensa a sair do que a anterior.

Há outros fatores que entram em cena, tal como, por exemplo, quando é que a bebida vai acabar.

Bem, por conta de algumas coisas que ocorreram e que pareciam uma boa idéia na época (e um dos problemas com festas que nunca terminam é que todas aquelas coisas que só parecem ser uma boa idéia durante a festa continuam parecendo ser boas idéias), esse ponto parece estar ainda muito distante.

Uma das coisas que pareciam uma boa idéia na época era que a festa deveria decolar não no sentido comum em que dizemos que as festas devem decolar, mas no sentido literal.

Certa noite, tempos atrás, um bando de astroengenheiros da primeira geração, bêbados, construiu o prédio de um lado para o outro, cavando isso, instalando aquilo, batendo fortemente naquilo outro e, quando o sol se levantou na manhã seguinte, ficou surpreso ao se descobrir brilhando sobre um prédio cheio de pessoas bêbadas e felizes que estava, naquele momento, flutuando como um pássaro jovem e incerto sobre as árvores.

Não apenas isso, mas a festa voadora também tinha conseguido se armar fortemente. Se por acaso se metessem em discussões mesquinhas com vendedores de vinho, queriam ter certeza de que a força estaria do lado deles.

A transição entre uma festa em tempo integral para uma festa de pilhagens em tempo parcial foi algo natural e ajudou bastante a acrescentar um pouco de emoção e aventura à coisa toda, o que era importante naquele momento por conta das infindáveis vezes que a banda já tinha tocado todo o seu repertório ao longo dos anos.

Eles saqueavam, eles pilhavam, eles mantinham cidades inteiras como reféns em troca de um novo estoque de biscoitinhos de queijo, pastas para os biscoitinhos, costeletas de porco, vinho e outras bebidas alcoólicas, que agora eram bombeadas a bordo vindas de tanques flutuantes.

O problema de quando é que a bebida vai acabar terá, contudo, que ser abordado algum dia.

O planeta sobre o qual estão flutuando já não é mais o que era quando começaram a flutuar sobre ele.

Está em péssimo estado.

A festa já tinha atacado e saqueado quase tudo nele, e ninguém ainda tinha sido capaz de atacá-la de volta por conta da forma aleatória e imprevisível com que ela se movimenta no céu.

É uma festa do cacete.

Também é uma cacetada ser atingido por ela no cóccix.

capítulo 22

Arthur estava deitado, se revirando de dor, em um pedaço de concreto armado rachado, golpeado levemente por tufos de nuvens passageiras e confundido pelos sons festivos vindos de algum lugar não discernível atrás dele.

Havia um som que ele não conseguiu identificar imediatamente, em parte por não conhecer a música *I Left My Leg in Janglan Beta** (Deixei minha perna em Janglan Beta) e em parte porque a banda que a tocava já estava muito cansada, de maneira que alguns músicos tocavam em compasso 3/4, outros em 4/4 e outros em uma espécie de R2 bebum, de acordo com a quantidade de tempo que cada um havia dormido recentemente.

Ficou ali deitado, ofegando muito no ar úmido. Tentou tocar algumas partes do corpo para descobrir onde poderia ter se machucado. Onde quer que tocasse, doía. Acabou concluindo que era sua mão que estava doendo. Aparentemente havia torcido o pulso. Suas costas também pareciam estar doendo, mas logo percebeu que não estava seriamente machucado, apenas um pouco ralado e um pouco atordoado, mas quem não estaria? Não podia entender o que um prédio estava fazendo voando no meio das nuvens.

---

* Provavelmente uma brincadeira com a conhecida música *I Left My Heart in San Francisco* (N. do T.).

Por outro lado, também teria sérias dificuldades em explicar, de forma coerente, o que estava fazendo ali, então decidiu que ele e o prédio teriam que se aceitar mutuamente. Olhou para cima. Uma parede de revestimento de pedra clara mas manchada erguia-se atrás dele – era o prédio em si. Arthur parecia estar estatelado em algum tipo de borda ou beirada que se estendia para fora por cerca de um metro em volta de todo o prédio. Era um pedaço do solo no qual o prédio da festa um dia tivera suas fundações e que havia transportado consigo para se manter inteiro na parte inferior.

Levantou-se nervosamente e, olhando para além da borda, subitamente ficou com vertigem. Pressionou suas costas contra a parede, molhado de névoa e suor. Sua cabeça nadava em estilo livre, mas alguém em seu estômago estava nadando borboleta.

Ainda que tivesse chegado até lá por conta própria, no momento não podia nem olhar para o tremendo abismo à sua frente. Não estava nem um pouco disposto a testar sua sorte pulando. Não iria chegar nem um centímetro mais perto da borda.

Agarrado à sua bolsa, foi andando junto à parede, na esperança de encontrar uma porta de entrada. A solidez do peso da lata de azeite era altamente reconfortante.

Estava indo em direção ao canto mais próximo, na esperança de que a parede do outro lado apresentasse mais escolhas no quesito "portas" do que aquela, que não tinha nenhuma.

A instabilidade do vôo do prédio o deixava em pânico e, após algum tempo, pegou a toalha que estava na bolsa e fez com ela algo que, mais uma vez, justificava sua posição suprema na lista de coisas úteis que devem ser levadas ao pegar carona pela Galáxia: vendou os olhos, pois assim não teria que ver o que estava fazendo.

Seus pés acompanhavam a borda do prédio. Seu braço estava completamente esticado e grudado à parede.

Finalmente chegou ao canto e, quando sua mão o contornou, encontrou algo que lhe deu um susto tão grande que quase caiu. Era outra mão.

As duas mãos se seguraram.

Queria desesperadamente usar sua outra mão para tirar a toalha de seus olhos, mas ela estava segurando a bolsa com o azeite, a *retsina* e os cartões-postais de Santorini, e ele realmente não queria largar aquilo tudo.

Passou por um daqueles momentos de crise de identidade, quando você subitamente se volta para dentro e começa a pensar: "Quem sou eu? O que eu desejo? Quais minhas realizações? Estou indo bem?" Ele soluçou baixinho.

Tentou liberar sua mão, mas não podia. A outra mão estava segurando a sua bem firme. Não tinha outro jeito senão andar em direção ao canto. Contornou-o e sacudiu a cabeça na tentativa de deslocar a toalha. Aparentemente isso teve como efeito provocar um grito agudo de alguma emoção fora de moda por parte do dono da outra mão.

Quando a toalha caiu de sua cabeça, descobriu que seus olhos estavam fixos nos de Ford Prefect. Atrás dele estava Slartibartfast e, mais para trás, ele podia ver claramente o portão do prédio e uma grande porta fechada.

Os outros dois também estavam de costas contra a parede, os olhos esbugalhados de terror toda vez que olhavam para dentro da densa nuvem cinza que os cercava, enquanto tentavam resistir aos balanços e sacudidelas do prédio.

– Por que zárquon de fóton você andou? – sussurrou Ford, em completo pânico.

– Ahn, bem... – gaguejou Arthur, meio sem saber como iria resumir tudo em poucas palavras. – Por aí. O que vocês estão fazendo aqui?

Ford virou seus olhos esbugalhados para Arthur novamente.

– Não querem nos deixar entrar sem uma garrafa!

A primeira coisa que Arthur notou, quando entraram na parte mais movimentada da festa, além do ruído, do calor sufocante, da profusão de cores selvagens que podia ser vista vagamente em meio ao ar cheio de fumaça, dos carpetes cobertos com uma grossa camada de caquinhos de vidro, cinzas e restos de pastinhas, além do pequeno grupo de criaturas pterodactilóides vestidas em *lurex* que vieram atracar-se com sua querida garrafa de *retsina*, grasnando "nova diversão, nova diversão", foi Trillian levando uma cantada do Deus do Trovão.

– Não te conheço do Milliways? – disse ele.

– Você era o cara com o martelo?

– O próprio. Mas prefiro este lugar aqui. É tão menos respeitável, tão mais lotado.

Gritos de algum prazer indescritível ecoaram pela sala, cujas dimensões externas eram invisíveis através da multidão pulsante de criaturas alegres e barulhentas, animadamente gritando umas para as outras coisas que ninguém podia ouvir e ocasionalmente tendo chiliques.

– É, parece divertido – disse Trillian. – O que você disse, Arthur?

– Eu perguntei como você chegou aqui?

– Eu era uma fileira de pontinhos flutuando aleatoriamente pelo Universo. Você conhece Thor? Ele faz trovões.

– Oi – disse Arthur. – Deve ser bem legal.

– Oi – disse Thor. – É legal. Você já pegou uma bebida?

– Ahn, não, na verdade...

– Então por que você não vai procurar uma?

– Te vejo depois, Arthur – disse Trillian.

Alguma coisa passou pela mente de Arthur e ele olhou em volta, procurando alguém.

– Zaphod por acaso está aqui? – perguntou.

– Vejo você – repetiu Trillian com firmeza – mais tarde.

Thor lançou-lhe um olhar duro com seus olhos pretos como carvão; sua barba se eriçou e a pouca luz que havia no salão reagrupou suas forças para cintilar ameaçadoramente nos chifres de seu capacete.

Pegou Trillian pelo ombro com sua enorme mão e os músculos de seu braço passaram uns pelos outros, como dois fuscas estacionando.

Levou-a embora.

– Uma das coisas interessantes de ser imortal – disse ele – é que...

– Uma das coisas interessantes sobre o espaço – Arthur ouviu Slartibartfast dizer para uma criatura espaçosamente gorda, que se parecia com alguém que estivesse perdendo uma briga contra um edredom rosa e que estava hipnotizada pelos olhos profundos e pela barba prateada do velho – é quão monótono ele é.

– Monótono? – disse a criatura, piscando seus olhos bastante enrugados e também injetados.

– Sim – continuou Slartibartfast –, espantosamente monótono. Estonteantemente monótono. Sabe, o problema é que há muito espaço e pouca coisa dentro dele. Você quer que eu cite algumas estatísticas?

– Olha, bem...

– Ah, por favor, eu adoraria. Elas também são sensacionalmente monótonas.

– Claro, já volto para ouvir isso – disse a criatura, dando um tapinha no braço dele e depois levantando sua saia como um hovercraft e se perdendo em meio à multidão.

– Achei que ela não iria mais embora – resmungou o velho. – Venha, terráqueo...

– Arthur.

– Precisamos encontrar a Trave de Prata, ela está aqui em algum lugar.

– Não podemos relaxar um pouquinho? – disse Arthur. – Tive um dia difícil. Por coincidência, Trillian também está aqui, mas não disse como chegou. Suponho que não importe.

– Pense nos perigos que o Universo corre...

– O Universo – disse Arthur – já está bem grandinho e já tem idade para cuidar de si mesmo durante meia hora. Tudo bem, tudo bem – acrescentou, vendo que Slartibartfast estava ficando mais inquieto –, vou dar uma volta e descobrir se alguém viu a trave.

– Ótimo, ótimo – disse Slartibartfast. – Ótimo. – Depois ele também mergulhou na multidão e todos por quem passava lhe diziam que deveria relaxar um pouco.

– Você viu uma trave em algum lugar? – perguntou Arthur para um homenzinho que parecia estar de pé aguardando ansiosamente que alguém fosse falar com ele. – É feita de prata, vitalmente importante para a segurança futura do Universo e é mais ou menos deste tamanho.

– Não – respondeu o homenzinho entusiasticamente franzino –, mas vamos tomar um drinque enquanto você me conta todos os detalhes.

Ford Prefect passou, sacudindo-se, dançando de forma frenética, selvagem e um pouco obscena com alguém que parecia estar usando a Ópera de Sydney sobre a cabeça. Ele estava gritando uma conversa fiada para ela por cima da zoeira.

– Gosto deste chapéu! – berrou.

– O quê?

– Disse que gosto do chapéu.

– Mas eu não estou usando um chapéu.

– Bom, então eu gosto da cabeça.

– O quê?

– Eu disse que gosto da cabeça. É uma estrutura óssea interessante.

– O quê?

Ford incluiu um "deixa pra lá" com os ombros em meio à complexa rotina de movimentos que estava executando.

– Disse que você dança bem – vociferou –, mas tente não sacudir tanto a cabeça.

– O quê?

– É só que, toda vez que você sacode a cabeça – disse Ford, e acrescentou "ai!" quando sua parceira se inclinou novamente para dizer "o quê?" e, mais uma vez, enfiou a ponta afiada e protuberante de seu crânio na testa de Ford.

– Meu planeta foi destruído uma certa manhã – disse Arthur que, inesperadamente, se viu contando a história de sua vida para o homenzinho, ou pelo menos resumindo os melhores momentos –, e por isso estou vestido assim, com esse roupão. Meu planeta foi destruído com todas as minhas roupas dentro, entende? Não sabia que eu vinha para uma festa.

O homenzinho assentiu entusiasticamente.

– Mais tarde eu fui jogado para fora de uma espaçonave. Ainda em meu roupão. Normalmente seria bom estar usando um traje espacial nessa hora. Pouco depois descobri que meu planeta tinha sido construído originalmente para um punhado de camundongos. Você pode imaginar como isso me fez sentir. Então atiraram em mim algumas vezes e eu fui detonado. Na verdade, já fui detonado um número absurdo de vezes, já atiraram em mim, me insultaram, fui desintegrado várias vezes, privado de chá e, há pouco tempo, nossa nave caiu em um pântano e tive que passar cinco anos em uma caverna úmida.

– Ah! – disse o homenzinho alegremente. – Então você se divertiu muito?

Arthur se engasgou violentamente com seu drinque.

– Que tosse formidavelmente excitante – disse o homenzinho, bastante espantado com aquilo –, você se importa se o acompanhar?

Tendo dito isso, ele começou a ter um impressionante acesso de tosse que deixou Arthur tão surpreso que ele se engasgou violentamente, descobriu que já estava engasgado antes e ficou totalmente confuso.

Juntos fizeram um dueto de estourar os pulmões que durou uns dois minutos antes que Arthur conseguisse parar.

– Muito revigorante – disse o homenzinho, arquejante e enxugando lágrimas dos olhos. – Que vida excitante você deve ter. Muitíssimo obrigado.

Apertou calorosamente as mãos de Arthur e depois saiu andando, misturando-se à multidão.

Arthur apenas balançou a cabeça, surpreso.

Um jovem aproximou-se dele em seguida. Fazia o tipo agressivo, com uma boca torta como um gancho, um nariz de lanterna e ossos da maçã do rosto pequenos e brilhantes. Estava usando calças pretas, uma camisa de seda preta aberta até o que parecia ser seu umbigo – embora Arthur já tivesse aprendido a nunca presumir nada sobre as anatomias do tipo de gente que vinha encontrando ultimamente – e tinha diversos penduricalhos dourados esquisitos em volta do pescoço. Carregava alguma coisa em uma bolsa preta e claramente queria que as pessoas notassem que ele não queria que notassem a bolsa.

– E aí, não ouvi você dizer seu nome agora há pouco? – perguntou.

Essa foi uma das muitas coisas que Arthur contou ao homenzinho entusiasmado.

– Sim, é Arthur Dent.

O cara parecia estar dançando levemente em algum outro ritmo que não um dos muitos que a banda tocava sem cessar.

– Isso aí – disse o cara. – Tinha um sujeito numa montanha que estava querendo muito ver você.

– Já encontrei com ele.

– É, mas ele tava realmente ansioso com isso, sabe?

– Sei, encontrei com ele.

– É, bom, achei que era legal avisar.

– Já sei. Eu encontrei com ele.

O cara fez uma pausa para mastigar chiclete. Depois deu um tapinha nas costas de Arthur.

– Isso aí – ele disse –, manda ver. Só tava avisando, falô? Boa noite, boa sorte, ganhe prêmios.

– O quê? – disse Arthur, que estava começando a se atrapalhar seriamente àquela altura.

– Sei lá. Faça o que quiser. Faça bem-feito – ele fez um ruído parecido com um clique usando seja lá o que for que estivesse mascando, depois fez uns gestos vagos.

– Por quê? – disse Arthur.

– Faça mal, então – disse o cara. – E quem se importa? Ninguém tá nem aí, não é? – O sangue parecia ter subido à cabeça do sujeito, que começou a gritar.

– Ei, por que não pirar? – disse. – Sai fora, me deixa em paz, cara. Zarca fora!

– Tudo bem, tô saindo – disse Arthur apressadamente.

– Foi pra valer – o cara acenou bruscamente e desapareceu na massa.

– Que diabos foi isso? – perguntou Arthur para uma garota que estava ao lado dele. – Por que ele me disse para ganhar prêmios?

– Maluquice de artista – disse a garota. – Ele acabou de ganhar um prêmio na Cerimônia Anual de Premiação do Instituto de Ilusões Recreativas de Alfa da Ursa Menor e estava querendo comentar com você como se não fosse nada, mas, como você não perguntou, ele não pôde dizer nada.

– Ah – disse Arthur –, ah, puxa, lamento. Qual foi o prêmio?

– Uso Mais Desnecessário da Palavra "Foda-se" em um Roteiro Sério. É um prêmio muito importante.

– Sei – disse Arthur –, e como se chama o prêmio?

– Um Rory. É só uma pequena coisa de prata enfiada em um grande pedestal preto. O que você disse?

– Não disse nada. Eu ia perguntar o que a coisa de prata...

– Ah, achei que você tinha dito "uop".

– O quê?

– Uop.

Há anos as pessoas estavam entrando e saindo da festa, penetras famosos de outros mundos, e já fazia algum tempo que os participantes da festa tinham notado, quando olhavam para seu próprio mundo abaixo deles, com suas cidades destroçadas, as fazendas de abacate destroçadas e os vinhedos destruídos por pragas, suas vastas extensões de terras transformadas em desertos, seus oceanos cheios de migalhas de biscoitos e coisas muito piores, enfim, haviam notado que, de formas mínimas, quase imperceptíveis, seu mundo já não era tão agradável quanto antes. Alguns deles tinham começado a pensar se poderiam ficar sóbrios tempo suficiente para tornar a festa inteira capaz de viajar no espaço e, então, decolar para planetas de outras pessoas, onde o ar fosse mais puro e lhes desse menos dores de cabeça.

Os poucos e malnutridos fazendeiros que ainda conseguiam extrair um miserável sustento do solo árido da superfície do planeta teriam ficado extremamente felizes em saber disso tudo, mas, naquele dia, quando a festa rasgou as nuvens com um som gritante e os fazendeiros olharam para cima temendo por outro saque de queijos e vinhos, ficou claro que a festa não iria para lugar nenhum durante um bom tempo. Na verdade, em breve a festa estaria acabada. Muito em breve seria hora de pegar os chapéus e casacos e cambalear para fora procurando saber qual era a hora, que dia era aquele e onde, naquela terra seca e devastada, seria possível encontrar um táxi.

A festa estava presa num terrível abraço com uma estranha nave branca, que parecia estar meio enfiada nela. Juntas, estavam balançando, oscilando e girando pesadamente pelo céu, em um grotesco desdém por seu próprio peso.

As nuvens se abriram. O ar rugia e abria caminho.

A festa e a nave de Krikkit, em suas manobras, de certa forma se pareciam com dois patos, um dos quais está tentando fazer um terceiro pato dentro do segundo pato, enquanto este segundo pato está tentando explicar, de forma veemente, que não se sente pronto para um terceiro pato naquele exato momento, que não tem muita certeza de sequer querer que um suposto terceiro pato seja feito por aquele primeiro pato para início de conversa e certamente não enquanto ele, o segundo pato, estiver ocupado voando.

O céu gritava e gemia em meio à fúria daquilo tudo, esbofeteando o chão com ondas de choque.

E, subitamente, com um "fuop", a nave de Krikkit se foi.

A festa vagou trôpega pelo céu, como um homem encostado numa porta inesperadamente aberta. Ela girou e sacolejou sobre seus jatos flutuadores. Tentou endireitar-se, mas conseguiu apenas ficar mais torta. Cambaleou novamente pelo céu.

Durante algum tempo esses tropeços continuaram, mas estava claro que não iriam durar muito. A festa era, agora, uma festa mortalmente ferida. Toda a diversão havia se perdido, fato que as eventuais piruetas alquebradas não podiam disfarçar.

Nesse ponto, quanto mais tempo ela evitasse a queda, pior seria o choque quando finalmente caísse.

Lá dentro, as coisas também não estavam indo muito bem. Na verdade, estavam indo monstruosamente mal, as pessoas estavam odiando aquilo e dizendo isso em alto e bom som. Os robôs de Krikkit estragaram a festa.

Tinham levado o Prêmio pelo Uso Mais Desnecessário da Palavra "Foda-se" em um Roteiro Sério e, em seu lugar, deixaram uma cena de devastação que fez com que Arthur se sentisse quase tão enjoado quanto um candidato a um Rory.

– Gostaríamos muito de poder ficar e ajudar – gritou Ford, abrindo caminho através dos destroços –, mas não vamos.

A festa sacolejou novamente, gerando gritos e gemidos exaltados dentre os destroços chamuscados.

– Sabe, é que temos que sair para salvar o Universo – prosseguiu Ford. – E se isso parece uma bela desculpa esfarrapada, pode até ser. De qualquer forma, estamos fora.

Deparou-se subitamente com uma garrafa fechada, miraculosamente inteira e de pé sobre o chão.

– Vocês se importam se levarmos isso? – disse. – Não vão mais precisar, não é?

Pegou um pacote de batatas fritas também.

– Trillian? – gritou Arthur, com uma voz enfraquecida e abalada. Não conseguia ver nada naquela confusão, em meio à fumaça.

– Terráqueo, temos que ir – disse Slartibartfast, nervoso.

– Trillian? – gritou Arthur novamente.

Pouco depois surgiu Trillian, chocada e trêmula, apoiando-se em seu novo amigo, o Deus do Trovão.

– A garota vai ficar comigo – disse Thor. – Estão dando uma grande festa no Valhala, vamos voar até lá...

– Onde estava você quando tudo aconteceu? – disse Arthur.

– Lá em cima – respondeu Thor. – Estava vendo o peso dela. Voar é uma coisa complicada, sabe? É preciso calcular a velocidade dos...

– Ela vem conosco – disse Arthur.

– Ei! – disse Trillian. – Será que eu não...

– Não – disse Arthur –, você vem conosco.

Thor olhou para ele com um olhar que ardia lentamente. Ele estava deixando bem claro um determinado ponto sobre sua divindade e não tinha nada a ver com ser honesto.

– Ela vem comigo – disse baixinho.

– Vamos, terráqueo – disse Slartibartfast nervosamente, puxando Arthur pela manga.

– Vamos, Slartibartfast – disse Ford, puxando o velho pela manga. O dispositivo de teleporte estava com Slartibartfast.

A festa inclinou-se e balançou, fazendo com que todos cambaleassem, exceto Thor e exceto Arthur, que olhava, tremendo, dentro dos olhos negros do Deus do Trovão.

Lentamente, inacreditavelmente, Arthur levantou o que pareciam ser seus pequenos punhos magrelos.

– Vai encarar? – disse ele.

– O que disse, seu inseto nanico? – trovejou Thor.

– Eu perguntei – repetiu Arthur, incapaz de manter a firmeza na voz – se você vai encarar? – Moveu ridiculamente seus punhos.

Thor olhou para ele com total incredulidade. Então uma pequena nesga de fumaça subiu, saindo de sua narina. Havia uma chama bem pequena lá dentro também.

Colocou as mãos no cinturão.

Encheu o peito, só para deixar bem claro que aquele era um homem cujo caminho você só ousaria cruzar se estivesse acompanhado por uma boa equipe de Sherpas.

Desprendeu o cabo de seu martelo do cinturão. Segurou-o em suas mãos, deixando à mostra a maciça marreta de ferro. Dessa forma eliminou qualquer dúvida eventual de que estivesse apenas carregando um poste por aí.

– Se eu vou – disse ele, sibilando como um rio correndo pelo alto-forno de uma refinaria – encarar?

– Sim – disse Arthur, com a voz súbita e extraordinariamente forte e belicosa. Sacudiu os punhos novamente, dessa vez com firmeza.

– Vamos resolver isso lá fora? – rosnou para Thor.

– Tudo bem! – tonitruou Thor, como um touro enfurecido (ou, na verdade, como um Deus do Trovão enfurecido, o que é bem mais impressionante), e saiu.

– Ótimo – disse Arthur –, ficamos livres dele. Slarty, nos tire daqui.

capítulo 23

– Está bem – Ford gritou com Arthur –, eu sou mesmo um covarde, mas a questão é que ainda estou vivo. – Estavam de novo a bordo da Espaçonave Bistromática, assim como Slartibartfast e Trillian. A harmonia e a concórdia, contudo, não estavam por lá.

– Bom, eu também estou vivo, não estou? – retaliou Arthur, a adrenalina correndo solta por conta da aventura e da raiva. Suas sobrancelhas subiam e desciam como se quisessem bater uma na outra.

– Mas por pouco não morreu! – explodiu Ford.

Arthur virou-se bruscamente para Slartibartfast, que estava em seu assento de piloto na cabine de comando. O velho olhava pensativamente para o fundo de uma garrafa que estava lhe dizendo algo que ele claramente não conseguia compreender. Arthur apelou para Slartibartfast.

– Você acha que esse cara entendeu uma palavra sequer do que acabei de dizer? – falou, trêmulo de emoção.

– Não sei – respondeu Slartibartfast, vagamente.

– Não estou bem certo – acrescentou, olhando para cima por um instante – se eu mesmo entendi.

Olhou para seus instrumentos com renovado vigor e total desconcerto.

– Você terá que nos explicar tudo de novo – disse então.

– Bem...

– Mas não agora. Coisas terríveis nos aguardam.

Deu uns tapinhas no pseudovidro do fundo da garrafa.

– Devo dizer que nosso desempenho na festa foi patético. Nossa única chance agora é tentar impedir que os robôs coloquem a Chave na Fechadura. Como iremos fazer isso, não tenho idéia – murmurou. – Creio que temos de ir até lá. Não que eu goste da idéia. Provavelmente vamos todos morrer.

– Onde está Trillian, afinal? – disse Arthur, aparentando uma repentina indiferença. Estava louco de raiva porque Ford havia lhe dado uma bronca por ele ter perdido tempo naquela discussão com o Deus do Trovão, quando poderiam ter escapado muito mais rápido. A opinião pessoal de Arthur, que ele tinha exposto caso alguém achasse que ela pudesse contar minimamente, era de que havia sido extraordinariamente corajoso e imaginativo.

A visão dominante parecia ser a de que sua opinião não valia sequer uma lasca podre de pão. O que realmente doía, contudo, era que Trillian não parecia se importar muito com a coisa toda e havia saído da cabine.

– E onde estão minhas batatas fritas? – disse Ford.

– Ambas estão – respondeu Slartibartfast, sem olhar para cima – na Sala de Ilusões Informacionais. Acho que sua jovem amiga está tentando entender algumas questões da História Galáctica. E creio que as batatas estão lhe fazendo bem.

capítulo 24

É um erro acreditar que é possível resolver qualquer problema importante usando apenas batatas.

Por exemplo, houve uma vez uma raça imensamente agressiva chamada de Silásticos Armademônios de Striterax. Esse era apenas o nome dessa raça. O nome de seu exército era muito pior. Felizmente eles viveram ainda mais para trás na História Galáctica do que qualquer outra coisa conhecida – cerca de 20 bilhões de anos atrás, quando a Galáxia era jovem e inocente e qualquer idéia pela qual valesse a pena lutar era uma idéia nova.

E lutar era aquilo que os Silásticos Armademônios de Striterax faziam melhor e, sendo bons nisso, dedicavam-se bastante à coisa. Lutavam contra seus inimigos (ou seja, todos os outros) e lutavam entre si. Seu planeta era uma enorme ruína. A superfície estava coberta por cidades abandonadas que estavam cercadas por máquinas de guerra abandonadas que, por sua vez, estavam cercadas por bunkers profundos nos quais os Silásticos Armademônios viviam e brigavam uns com os outros.

A melhor maneira de começar uma briga com um Silástico Armademônio era apenas ter nascido. Eles não gostavam disso, ficavam ressentidos. E quando um Armademônio ficava ressentido, alguém ficava machucado. Pode parecer uma forma exaustiva de viver, mas eles pareciam ter energia de sobra.

A melhor maneira de lidar com um Silástico Armademônio era trancá-lo sozinho em um quarto porque, mais cedo ou mais tarde, ele iria começar a se estapear.

Eventualmente perceberam que teriam que resolver isso, então baixaram um decreto de que qualquer um que tivesse que usar armas como parte de seu trabalho normal como Silástico (policiais, seguranças, professores primários, etc.) teria que passar pelo menos 45 minutos por dia esmurrando um saco de batatas para gastar seu excesso de agressividade.

Durante algum tempo isso funcionou bem, até que alguém pensou que seria muito mais eficiente e levariam menos tempo se apenas atirassem nas batatas em vez de bater nelas.

Isso trouxe um entusiasmo renovado pela prática de atirar em diversas coisas e todos ficaram muito animados perante a perspectiva da primeira grande guerra em algumas semanas.

Outra grande realização dos Silásticos Armademônios de Striterax foi o fato de terem sido a primeira raça a conseguir chocar um computador.

Tratava-se de um gigantesco computador espacial chamado Hactar, até hoje lembrado como um dos mais poderosos jamais construídos. Foi o primeiro a ser construído como um cérebro orgânico, no sentido de que cada uma de suas partículas celulares carregava consigo o padrão do todo, o que permitia que pensasse de forma mais flexível, mais imaginativa e, aparentemente, também permitia que ficasse chocado.

Os Silásticos Armademônios de Striterax estavam envolvidos em outra de suas guerras rotineiras com os Árduos Gargalutadores de Stug, mas não estavam se divertindo tanto quanto de hábito porque esta guerra envolvia muitas caminhadas através dos Pântanos Radioativos de Cwulzenda e também através das Montanhas de Fogo de Frazfaga, terrenos nos quais eles não se sentiam confortáveis.

Então, quando os Estiletanos Estrangulantes de Jajazikstak se juntaram à batalha, forçando-os a lutarem em outro front, nas Cavernas Gama de Carfrax e nas Tempestades de Gelo de Varlengooten, decidiram que aquilo havia passado dos limites e ordenaram a Hactar que projetasse para eles uma Arma Definitiva.

– O que vocês querem dizer – perguntou Hactar – com Definitiva?

Ao que os Silásticos Armademônios de Striterax responderam:

– Vá procurar num maldito dicionário! – e depois retornaram à batalha.

Então Hactar projetou uma Arma Definitiva.

Era uma bomba muito, muito pequena que era apenas uma matriz de conexões no hiperespaço que, quando ativada, iria conectar o centro de cada um dos grandes sóis com o centro de todos os outros grandes sóis simultaneamente, transformando, assim, todo o Universo em uma gigantesca supernova hiperespacial.

Quando os Silásticos Armademônios de Striterax tentaram usá-la para detonar um depósito de munições dos Estiletanos Estrangulantes em uma das Cavernas Gama, ficaram profundamente irritados porque a coisa não funcionou e expressaram sua opinião para Hactar.

Hactar ficou chocado com a idéia.

Tentou explicar-lhes que tinha pensado muito sobre essa coisa toda de Arma Definitiva e que concluíra que nenhuma conseqüência possível decorrente da não-explosão da bomba poderia ser pior do que a conseqüência bem conhecida de sua explosão. Sendo assim, ele tinha tomado a liberdade de introduzir uma pequena falha no projeto da bomba e esperava que todos os envolvidos, ao pensarem mais claramente sobre o assunto, entendessem que...

Os Silásticos Armademônios não concordaram e pulverizaram o computador.

Mais tarde eles pensaram um pouco mais no assunto e destruíram a bomba defeituosa também.

Então, parando apenas para dar um couro nos Árduos Gargalutadores de Stug e nos Estiletanos Estrangulantes de Jajazikstak, continuaram pensando e encontraram uma forma totalmente nova de explodirem a si mesmos, o que foi um grande alívio para todos os outros povos da Galáxia, em especial os Gargalutadores, os Estiletanos e, claro, as batatas.

Trillian havia assistido a tudo isso, assim como à história de Krikkit. Saiu pensativa da Sala de Ilusões Informacionais, bem a tempo de descobrir que haviam chegado tarde demais.

capítulo 25

Assim que a Espaçonave Bistromática tremeluziu de volta à existência objetiva no topo de um pequeno penhasco no asteróide de dois quilômetros de largura que descrevia uma eterna e solitária órbita em torno do sistema estelar trancafiado de Krikkit, sua tripulação soube que tinha chegado a tempo apenas de testemunhar um evento histórico que não poderiam impedir.

Não sabiam que iriam assistir a dois eventos.

Ficaram lá, gélidos, solitários e sem ação na borda do penhasco, olhando a atividade abaixo. Feixes de luz descreviam arcos sinistros contra o vazio, vindos de um ponto que estava apenas cerca de 100 metros abaixo e à frente deles.

Olharam para o evento ofuscante.

Uma extensão do campo da nave permitia que ficassem ali, de pé, mais uma vez explorando a predisposição da mente de aceitar que a enganassem: os problemas da baixa gravidade gerada pela pequena massa do asteróide ou o fato de não serem capazes de respirar passavam a ser de Outra Pessoa.

A nave de guerra de Krikkit estava parada entre os rochedos acinzentados do asteróide, alternadamente brilhando sob potentes holofotes ou desaparecendo nas sombras. A escuridão das sombras cortantes projetadas pelas rochas nuas dançava com a nave numa coreografia exótica enquanto os holofotes giravam em torno delas.

Onze robôs brancos estavam levando, em procissão, a Chave de Wikkit para o centro de um círculo de luzes oscilantes.

A Chave de Wikkit fora reconstruída. Seus componentes brilhavam e reluziam: o Pilar de Aço (ou perna de Marvin) da Força e Poder; o Pilar Dourado (ou Coração do Motor de Improbabilidade) da Prosperidade; o Pilar de Acrílico (ou Cetro da Justiça de Argabuthon) da Ciência e da Razão; a Trave de Prata (ou Troféu Rory pelo Uso Mais Desnecessário da Palavra "Foda-se" em um Roteiro Sério) e a Trave de Madeira, agora reconstruída (ou Cinzas de uma trave queimada significando a morte do críquete inglês), da Natureza e Espiritualidade.

– Suponho que não haja nada que possamos fazer agora? – perguntou Arthur, nervosamente.

– Não – lamentou Slartibartfast.

A expressão de desapontamento que cruzou o rosto de Arthur foi um completo fracasso e, como estava obscurecido pela sombra, deixou que se transformasse em uma expressão de alívio.

– Pena – disse ele.

– Não temos armas – disse Slartibartfast. – Uma estupidez.

– Droga – disse Arthur baixinho.

Ford não disse nada.

Trillian também não disse nada, mas o fez de uma forma distinta e pensativa. Ela estava olhando para a escuridão do espaço para além do asteróide.

O asteróide orbitava a Nuvem de Poeira que cercava o envoltório de Tempolento que mantinha trancado o mundo no qual viviam o povo de Krikkit, os Mestres de Krikkit e seus robôs assassinos.

O grupo, desolado, não tinha como saber se os robôs de Krikkit sabiam ou não que eles estavam lá. Podiam presumir que sim, mas que os robôs provavelmente acreditavam – corretamente, dadas as circunstâncias – que nada tinham a temer.

Tinham uma tarefa histórica a cumprir e sua audiência podia ser tratada com indiferença.

– Terrível essa sensação de impotência, não? – disse Arthur, mas os outros o ignoraram.

No centro da área iluminada da qual os robôs se aproximavam, uma fenda de formato quadrado surgiu no chão. A fenda podia ser vista de forma cada vez mais distinta, e logo ficou claro que um bloco de solo, tendo pouco mais que meio metro quadrado, estava lentamente se erguendo.

Ao mesmo tempo perceberam um outro movimento, quase subliminar, e, por alguns instantes, não estava exatamente claro o que estava se movendo.

Em seguida ficou claro.

Era o asteróide. Movia-se lentamente para dentro da Nuvem de Poeira, como se fosse inexoravelmente puxado por algum pescador celestial lá dentro das suas profundezas.

Iriam fazer, na vida real, a jornada através da Nuvem que já haviam feito na Sala de Ilusões Informacionais. Permaneceram envolvidos por um silêncio gélido. Trillian franziu a testa.

Parecia que toda uma era se passara. Eventos pareciam transcorrer com uma lentidão estonteante, enquanto a extremidade do asteróide penetrava no vago e suave perímetro externo da Nuvem.

E logo foram envolvidos por uma obscuridade fina e oscilante. Passaram por ela, gradualmente, vagamente conscientes de formas e espirais impossíveis de distinguir na escuridão, exceto com o canto dos olhos.

A Nuvem de Poeira enfraquecia os focos de luz brilhante, que piscavam por entre a miríade de partículas de poeira.

Trillian, mais uma vez, observou essa passagem de dentro de seus próprios pensamentos franzidos.

Então a travessia terminou. Não havia como saber se tinham levado um minuto ou meia hora, mas atravessaram a

Nuvem e se depararam com uma escuridão virgem, como se o espaço tivesse sido puxado para fora da existência bem na frente deles.

Agora as coisas começaram a se mover com rapidez.

Um ofuscante poço de luz parecia quase explodir, vindo do bloco, que havia subido cerca de um metro do chão, e dele saía um bloco menor de acrílico, formando um fascinante balé de cores em seu interior.

O bloco possuía ranhuras profundas, três na vertical e duas na transversal, claramente projetadas para aceitar a Chave de Wikkit.

Os robôs se aproximaram da Fechadura, introduziram a Chave e se afastaram novamente. O bloco começou a girar e o espaço começou a se alterar.

Enquanto o espaço se desdobrava, dava a agonizante sensação de retorcer os olhos dos observadores em suas órbitas. Encontraram-se olhando, cegos, para um sol desemaranhado que agora estava diante deles, lá onde, segundos antes, parecia não haver nem mesmo espaço vazio. Passaram-se um ou dois segundos antes que pelo menos tomassem consciência do que acontecera e pudessem cobrir com as mãos seus olhos horrivelmente ofuscados. Naqueles poucos segundos perceberam um minúsculo ponto movendo-se lentamente pelo centro daquele sol.

Cambalearam para trás e ouviram, ressoando em seus ouvidos, o inesperado canto dos robôs gritando em uníssono com suas vozes finas.

– Krikkit! Krikkit! Krikkit! Krikkit!

O som era de arrepiar. Era duro, era frio, era vazio, era mecanicamente sombrio.

Era também triunfante.

Ficaram tão atordoados por esses dois choques sensoriais que quase perderam o segundo evento histórico.

Zaphod Beeblebrox, o único homem em toda a história a ter sobrevivido a um ataque direto dos robôs de Krikkit, saiu correndo da nave de Krikkit brandindo uma arma Zapogun.

– Tudo bem – gritou –, a situação está totalmente sob controle a partir de agora.

O robô que estava de guarda próximo à escotilha da nave silenciosamente girou seu bastão de batalha e conectou-o à parte de trás da cabeça esquerda de Zaphod.

– Mas quem foi o zark que fez isso? – disse a cabeça esquerda, caindo em seguida para a frente.

Sua cabeça direita olhou em volta.

– Quem fez o quê? – perguntou.

O bastão conectou-se com a parte de trás da cabeça direita.

Zaphod estatelou-se no chão.

Em poucos segundos, tudo estava terminado. Alguns disparos dos robôs fora suficientes para destruir a Fechadura para sempre. Ela se quebrou e derreteu e espalhou seu conteúdo despedaçado. Os robôs marcharam de forma impiedosa e, de uma forma peculiar, ligeiramente desalentados de volta à nave de guerra, que partiu com um "fuop".

Trillian e Ford correram alucinadamente pela rocha inclinada até o corpo escuro e imóvel de Zaphod Beeblebrox.

capítulo 26

– Não sei – disse Zaphod, pensando que devia ser a trigésima sétima vez que dizia aquilo –, eles podiam ter me matado, mas não mataram. Talvez tenham pensado que eu era um cara incrível ou algo assim. É algo que posso entender.

Os outros registraram mentalmente suas opiniões sobre essa teoria.

Zaphod estava deitado no chão frio da cabine de comando. Suas costas pareciam estar brigando com o chão, porque sentia uma dor percorrendo seu corpo e batendo em suas cabeças.

– Acho – murmurou – que tem algo de errado com esses carinhas anodizados, algo fundamentalmente estranho.

– Eles foram programados para matar todo mundo – afirmou Slartibartfast.

– Este – disse Zaphod, arquejante – pode mesmo ser o problema.

Ainda assim, não parecia totalmente convencido.

– Alô, querida – disse para Trillian, esperando que isso servisse como desculpa para seu comportamento anterior.

– Você está bem? – disse ela, gentilmente.

– Sim – respondeu –, tudo bem.

– Ótimo – disse ela e se afastou para pensar. Olhou para a enorme tela de visualização acima dos assentos de vôo e, girando um botão, mudou as imagens locais que estavam sendo exibidas. Uma imagem era da escuridão da Nuvem de Poeira. Outra era do sol de Krikkit. Uma terceira era de Krikkit em si. Ficava passando de uma para a outra rapidamente.

– Bem, melhor dizermos adeus à Galáxia, então – disse Arthur, batendo nos joelhos e levantando-se.

– Não – disse Slartibartfast gravemente. – Nosso rumo está claro. – Franziu a testa a tal ponto que seria possível cultivar alguns vegetais pequenos em seus sulcos. Levantou-se, andou de um lado para o outro. Quando falou outra vez, aquilo que disse o deixou tão assustado que teve que se sentar de novo.

– Devemos descer em Krikkit – disse. Um suspiro profundo sacudiu seu velho esqueleto e seus olhos pareceram tremer nas órbitas.

– Mais uma vez – prosseguiu – falhamos pateticamente. Muito pateticamente.

– Isso – disse Ford, calmamente – é porque não nos importamos o bastante. Eu já lhe disse.

Colocou seus pés sobre o painel de instrumentos e ficou futucando algo em uma de suas unhas.

– No entanto, se não agirmos – disse o velho em tom de birra, como se lutasse com alguma coisa profundamente displicente em sua própria natureza –, então seremos todos destruídos, iremos todos morrer. Acho que nos importamos com isso, não?

– Não o suficiente para morrermos por isso – disse Ford. Abriu um sorriso vazio e lançou-o de um lado para o outro da sala, para quem quisesse vê-lo.

Slartibartfast claramente achou esse ponto de vista muito sedutor e lutou contra ele. Virou-se de novo para Zaphod, que estava rangendo os dentes e suando de dor.

– Você certamente tem alguma idéia – disse – sobre a razão de terem salvado a sua vida. Parece muito estranho e incomum.

– Acho que nem mesmo eles sabem – disse Zaphod, indiferente. – Já lhe disse. Me acertaram com o disparo mais fraco, apenas para me deixar desacordado. Daí me arrastaram até a nave deles, me jogaram em um canto e me ignoraram completamente. Como se estivessem meio envergonhados por eu estar ali. Se dissesse qualquer coisa, me tiravam do ar de novo. Tivemos ótimas conversas. "Ei... ai! E aí... ui! Queria saber... argh!" Isso me manteve distraído durante várias horas, sabe. – Fez outra careta de dor.

Estava brincando com um objeto entre seus dedos. Segurou-o. Era a Trave Dourada – o Coração de Ouro, o centro do Motor de Improbabilidade Infinita. Apenas aquilo e o Pilar de Madeira haviam permanecido intactos após a destruição da Fechadura.

– Me disseram que sua nave anda bem – disse Zaphod. – Então que tal me deixar na minha antes que você ...

– Você não vai nos ajudar? – disse Slartibartfast.

– Nós? – perguntou Ford, subitamente. – Nós quem, cara-pálida?

– Eu adoraria ficar e ajudá-lo a salvar a Galáxia – insistiu Zaphod, apoiando-se nos cotovelos –, mas tenho a maior dor de cabeça de todos os tempos e pressinto que há várias outras vindo por aí. Mas, da próxima vez que for preciso salvá-la, é comigo mesmo. E aí, Trillian?

Ela olhou para trás rapidamente.

– Sim?

– Quer vir? Coração de Ouro? Diversão e aventura e coisas exóticas?

– Vou descer em Krikkit – respondeu ela.

capítulo 27

Era o mesmo monte, mas ao mesmo tempo não.

Desta vez não era uma Ilusão Informacional. Era realmente Krikkit e estavam de pé na superfície do planeta. Perto deles, atrás das árvores, estava o estranho restaurante italiano que havia trazido seus corpos verdadeiros para onde estavam, o verdadeiro mundo de Krikkit no presente.

A grama espessa sob seus pés era real e o solo perfumado também. As fragrâncias doces da árvore também eram reais. A noite era uma noite real.

Krikkit.

Possivelmente o lugar mais perigoso da Galáxia para qualquer um que não fosse um krikkitiano. O lugar que não podia tolerar a existência de qualquer outro lugar, cujos habitantes encantadores, simpáticos e inteligentes gritariam com um ódio selvagem, feroz e assassino quando confrontados com qualquer um que não fosse um deles.

Arthur estremeceu.

Slartibartfast estremeceu.

Ford, surpreendentemente, estremeceu.

Não era surpreendente que ele houvesse estremecido; o surpreendente é que estivesse ali. Quando levaram Zaphod de volta à sua nave, Ford sentiu-se surpreendentemente envergonhado e decidiu não fugir.

Errado, pensou consigo mesmo, errado, errado, errado. Abraçou contra si uma das Zapoguns com que haviam se armado no depósito de armas de Zaphod.

Trillian estremeceu e franziu a testa quando olhou para o céu.

Também já não era o mesmo. Já não estava mais completamente negro e vazio.

O campo em torno deles havia mudado pouco nos 2.000 anos das Guerras de Krikkit e, depois, durante os míseros cinco anos que haviam se passado localmente desde que Krikkit havia sido selado no envoltório de Tempolento, dez bilhões de anos antes. O céu, contudo, estava dramaticamente diferente.

Luzes fracas e formas pesadas pairavam nele.

Lá no alto, lá para onde nenhum krikkitiano jamais olhava, ficavam as Zonas de Guerra, as Zonas dos Robôs. Enormes naves de guerra e torres flutuavam nos campos de Zero-Grav muito acima das idílicas terras pastorais da superfície de Krikkit.

Trillian olhou para aquilo tudo e pensou.

– Trillian – sussurrou Ford.

– Sim? – respondeu ela.

– O que você está fazendo?

– Pensando.

– Você sempre respira assim quando pensa?

– Não tinha percebido que estava respirando.

– Foi o que me deixou preocupado.

– Eu acho que sei... – disse Trillian.

– Shhh! – disse Slartibartfast alarmado, e sua mão magra e trêmula fez sinal para que se escondessem ainda mais sob a sombra da árvore.

Como antes na fita, subitamente surgiram luzes vindas da trilha na colina, mas, desta vez, as lanternas que balançavam eram lanternas elétricas e não tochas. Não chegava a ser uma mudança dramática por si só, mas cada novo detalhe fazia com que seus corações batessem assustados. Agora não havia músicas alegres sobre flores e fazendas e cachorros mortos, mas vozes abafadas discutindo algo importante.

Uma luz se moveu no céu, lenta e pesadamente. Arthur foi tomado por um terror claustrofóbico e o vento morno ficou atravessado em sua garganta.

Logo a seguir um segundo grupo surgiu, vindo do outro lado da colina escura. Moviam-se rapidamente, com uma intenção clara, suas lanternas balançando e vasculhando o terreno ao seu redor.

Os grupos estavam claramente convergindo não apenas um em relação ao outro, mas deliberadamente se dirigindo para o lugar onde Arthur e os outros estavam.

Arthur ouviu um leve ruído quando Ford Prefect levantou sua Zapogun e uma tossida incomodada quando Slartibartfast levantou a sua. Sentiu o peso estranho e frio de sua própria arma e, com as mãos trêmulas, levantou-a também.

Seus dedos tatearam para encontrar a trava de segurança e ativar a trava de perigo extremo, como Ford havia mostrado. Estava tremendo tanto que, se atirasse em alguém naquele momento, provavelmente iria assinar seu nome com os raios da arma.

Trillian foi a única que não levantou sua arma. Em vez disso, levantou as sobrancelhas, abaixou-as novamente e mordeu os lábios, pensativa.

– Vocês já pensaram... – começou a dizer, mas ninguém queria discutir nada naquele momento.

Uma luz cortou a escuridão por trás deles e, ao se voltarem, viram um terceiro grupo de habitantes de Krikkit vindo por trás deles, procurando-os com suas luzes.

A arma de Ford Prefect disparou ferozmente, mas os raios voltaram-se contra a própria arma, que caiu de suas mãos.

Houve um momento de profundo terror, um segundo no qual, congelados, ninguém atirou.

E no final desse segundo ninguém mais atirou.

Estavam cercados por krikkitianos de feições pálidas e iluminados pelas luzes oscilantes.

Os prisioneiros olhavam para seus captores, os captores olhavam para seus prisioneiros.

– Oi? – disse um dos captores. – Desculpe, mas vocês são... alienígenas?

capítulo 28

Enquanto isso, muitos milhões de quilômetros além do que a mente pode confortavelmente compreender, Zaphod Beeblebrox estava novamente mal-humorado.

Havia consertado sua nave, ou melhor, havia observado com total atenção enquanto um robô de manutenção consertava sua nave. Ela havia voltado a ser, novamente, uma das mais poderosas e extraordinárias naves existentes. Ele podia ir a qualquer lugar, fazer qualquer coisa. Folheou um livro, depois jogou-o num canto. Já tinha lido aquele.

Foi até o painel de comunicações e abriu todas as freqüências de um canal de emergência.

– Alguém quer tomar um drinque? – disse.

– Isso é uma emergência, cara? – rosnou uma voz do outro lado da Galáxia.

– Tem algo para misturar? – perguntou Zaphod.

– Vai pegar carona no rabo de um cometa.

– Tá bom, tá bom – disse Zaphod, fechando o canal. Suspirou e sentou-se. Levantou-se novamente e andou até a tela do computador. Apertou alguns botões. Pequenos pontos começaram a correr através da tela, devorando-se mutuamente.

– Pow! – disse Zaphod. – Freeoooo! Pop pop pop!

– Oi! – disse o computador animadamente após um ou dois minutos – Você fez três pontos. O melhor placar anterior foi de sete milhões, quinhentos e noventa e sete mil, duzentos e ...

– Tá bom, tá bom – disse Zaphod, desligando novamente a tela.

Sentou-se de novo. Brincou com um lápis. Perdeu seu interesse por isso rapidamente.

– Tá bom, tá bom – disse Zaphod, e alimentou seu placar, junto com o anterior, no computador.

Sua nave partiu, transformando o Universo em um borrão.

capítulo 29

– Olhem – disse o krikkitiano magro e pálido que tinha dado um passo à frente dos outros e estava agora parado, hesitante, no centro do círculo formado pelas lanternas, segurando sua arma como se estivesse apenas segurando-a para uma outra pessoa que tivesse acabado de dar uma saidinha rápida e já fosse voltar –, vocês sabem algo a respeito de uma coisa chamada Equilíbrio da Natureza?

Os prisioneiros não responderam ou pelo menos não responderam nada além de alguns resmungos e murmúrios confusos. As lanternas continuavam balançando em torno deles. Lá em cima, no céu, uma atividade sinistra prosseguia nas Zonas dos Robôs.

– É só – continuou o krikkitiano meio sem jeito – uma coisa da qual ouvimos falar, talvez nem seja importante. Bem, suponho que seja melhor matá-los, então.

Olhou para sua arma como se estivesse procurando o que apertar.

– Quero dizer – continuou, olhando para eles novamente –, a menos que vocês queiram bater papo?

Um assombro lento e dormente subiu pelos corpos de Slartibartfast, Ford e Arthur. Em pouco tempo atingiria seus cérebros, que, no momento, estavam inteiramente ocupados com a atividade de mover seus maxilares para cima e para baixo. Trillian sacudia a cabeça, como se tentasse concluir um quebra-cabeça sacudindo a caixa.

– Estamos preocupados, sabe – disse um outro homem que estava em um dos grupos –, com esse plano de destruição universal.

– Sim – disse um terceiro –, e com o equilíbrio natural. É que nos parece que, se todo o restante do Universo for destruído, de alguma forma vai atrapalhar o equilíbrio da natureza. Nós gostamos muito de ecologia, sabe? – Sua voz morreu, com um tom de tristeza.

– E esportes – disse um outro, alto. Isso fez com que os demais dessem vivas.

– Isso – concordou o primeiro – e esportes... – Ele olhou para trás, para seus amigos, hesitante, e coçou o queixo, pensativo. Parecia estar se debatendo com uma grande confusão interior, como se tudo que ele quisesse dizer e tudo que ele pensasse de fato fossem coisas completamente diferentes, entre as quais não conseguia ver uma conexão.

– Bem – murmurou ele –, alguns de nós... – olhou em volta, procurando sinais de apoio. Os outros o encorajaram a continuar. – Alguns de nós gostariam muito de manter relações desportivas com o restante da Galáxia e, embora eu entenda o argumento a favor de manter esporte e política bem separados, acho que, se queremos ter relações desportivas com o restante da Galáxia, provavelmente seria um erro destruí-la. E também o restante do Universo... – sua voz baixou de volume – ...o que parece ser a idéia geral agora...

– O qqq – disse Slartibartfast. – Oooo...

– Ahhhhh...? – disse Arthur.

– Ehhhh... – disse Ford.

– O.k. – disse Trillian. – Vamos conversar a respeito. – Ela se aproximou e pegou o pobre e confuso krikkitiano pelo braço. Ele parecia ter uns 25 anos, o que significava, por conta das confusões peculiares com o tempo que haviam acontecido naquela área, que ele teria cerca de 20 anos quando as Guerras de Krikkit terminaram, há dez bilhões de anos.

Trillian andou com ele por um curto trecho, passando pelas lanternas, antes de dizer mais alguma coisa. Ele andava com ela, meio confuso. Os fachos de luz em volta estavam agora se inclinando ligeiramente para baixo, como se estivessem se rendendo àquela garota calma e estranha que, sozinha em um Universo de obscura confusão, parecia saber o que estava fazendo.

Ela se virou e olhou para ele, segurando levemente suas duas mãos. Ele era a própria figura da miséria e perplexidade.

– Conte-me – disse ela.

A princípio ele nada disse, enquanto seu olhar passava de um para outro dos olhos dela.

– Nós... – disse ele – nós temos que estar sós... eu acho. – Ele entortou a cara e depois deixou cair sua cabeça para a frente, balançando-a como alguém que estivesse tentando extrair uma moeda de um cofre. Ele olhou para ela novamente. – Agora nós temos uma bomba, sabe – disse ele –, que é bem pequena.

– Eu sei – disse ela.

Olhou para ela muito espantado, como se ela tivesse dito algo muito estranho sobre beterrabas.

– Sério – disse ele –, ela é muito, muito pequena.

– Eu sei – disse ela novamente.

– Mas eles dizem... – sua voz soava arrastada – dizem que ela é capaz de destruir tudo o que existe. E nós temos que fazer isso, eu acho. Será que ficaremos solitários? Não sei. Mas parece ser a nossa função – disse ele, e abaixou a cabeça novamente.

– Seja lá o que for – disse alguém em um dos grupos.

Trillian lentamente colocou seus braços em volta do pobre e confuso jovem krikkitiano, depois botou sua cabeça trêmula em seu ombro.

– Está tudo bem – disse ela, docemente mas alto o bastante para todos os que estavam em volta ouvirem –, vocês não precisam fazer isso.

Balançou-o levemente em seu ombro.

– Não precisam fazer isso – repetiu.

Ela deixou que ele se fosse.

– Quero que façam uma coisa por mim – disse ela, soltando uma risada inesperada. – Eu quero – disse e riu novamente. Colocou a mão sobre a boca e depois disse de novo, com uma cara séria: – Quero que me levem a seu líder – e apontou na direção das Zonas de Guerra no céu. De alguma forma ela sabia que o líder deles estaria lá.

Sua risada pareceu descarregar algo na atmosfera. Em algum lugar, lá atrás na multidão, uma única voz começou a cantar uma música que, se tivesse sido composta por Paul McCartney, lhe teria permitido comprar o mundo inteiro.

capítulo 30

Zaphod Beeblebrox engatinhava bravamente ao longo de um túnel, em seu melhor estilo heróico. Ele estava muito confuso, mas continuava engatinhando obstinadamente, mesmo assim, simplesmente porque era heróico.

Estava muito confuso por algo que acabara de ver, mas nem de longe tão confuso quanto iria ficar por algo que ele estava prestes a ouvir, então é melhor explicar logo onde exatamente ele estava.

Ele estava nas Zonas de Guerra dos Robôs, muitos quilômetros acima da superfície do planeta Krikkit.

Lá a atmosfera era rarefeita e relativamente desprotegida de qualquer tipo de raio ou qualquer outra coisa que o espaço resolvesse lançar em sua direção.

Tinha estacionado a nave Coração de Ouro entre as enormes e gigantescas naves amontoadas que enchiam o céu sobre o planeta Krikkit e depois entrara em algo que parecia ser a maior e mais importante das construções do céu, armado apenas com sua Zapogun e algo para suas dores de cabeça.

Foi dar em um longo, largo e mal iluminado corredor no qual pôde se esconder até decidir o que fazer em seguida. Escondeu-se ali porque, de quando em quando, um dos robôs de Krikkit passava por ali e, apesar de ter levado, até aquele momento, uma vida de sonho entre os robôs, ainda assim havia sido uma vida muito dolorosa e ele não tinha a menor vontade de levar ao extremo algo que estava apenas semidisposto a chamar de "grande sorte".

Havia se escondido, em certo momento, em um quarto que levava até o corredor e que ele havia descoberto ser uma enorme e novamente mal iluminada câmara.

Na verdade tratava-se de um museu com uma única peça em exibição – os destroços de uma espaçonave. Estava bastante retorcida e queimada, mas, agora que ele havia aprendido um pouco da História Galáctica que tinha deixado de aprender durante suas tentativas fracassadas de fazer sexo com a garota no cibercubículo ao lado do seu na escola, formulou a suposição bastante inteligente de que aqueles eram os destroços da nave que havia atravessado a Nuvem de Poeira bilhões de anos atrás e iniciado toda a confusão.

Contudo – e é aí que ele tinha ficado confuso – havia algo muito estranho a respeito daquilo.

Ela estava verdadeiramente destroçada. Estava verdadeiramente queimada, mas uma inspeção muito rápida por um olho treinado revelava que não era uma verdadeira espaçonave. É como se fosse apenas um modelo em escala natural de uma nave – um bom modelo. Em outras palavras, algo extremamente útil para se ter por perto se você subitamente decidisse construir uma espaçonave por conta própria mas não soubesse bem como fazê-lo. Não era, contudo, uma nave que pudesse voar sozinha para qualquer lugar que fosse.

Ele ainda estava pensando nisso – na verdade havia apenas começado a pensar sobre isso – quando percebeu que uma porta havia sido aberta em outra parte da câmara e uma dupla de robôs de Krikkit havia entrado, com um aspecto um pouco soturno.

Zaphod preferia não se meter com eles e, tendo decidido que, assim como a discrição é a maior qualidade da valentia, da mesma forma a covardia era a maior qualidade da discrição, resolveu esconder-se valentemente dentro de um armário.

O armário era, na verdade, a parte superior de um poço que ia diretamente até uma portinhola de inspeção e daí dava em um grande tubo de ventilação. Seguiu nessa direção e começou a engatinhar pelo tubo. Foi neste ponto que o encontramos originalmente.

Ele não estava gostando de lá. Era frio, escuro e profundamente desconfortável. Além disso, lhe dava calafrios. Na primeira oportunidade – que era uma outra portinhola uns 100 metros à frente – ele iria sair dali.

Agora foi parar em uma câmara menor, que parecia ser um centro de inteligência computacional. Saiu em um espaço apertado e escuro entre um grande banco de computadores e a parede.

Rapidamente descobriu que não estava sozinho na sala e preparou-se para sair novamente, quando começou a prestar atenção no que os outros ocupantes estavam dizendo.

– São os robôs, senhor – disse uma voz. – Há algo de errado com eles.

– O que exatamente?

Aquelas eram as vozes de dois Comandantes de Guerra krikkitianos. Todos os Comandantes de Guerra viviam no céu, nas Zonas de Guerra dos Robôs e estavam, em grande parte, imunes às dúvidas e incertezas peculiares que afligiam seus companheiros lá embaixo, na superfície do planeta.

– Bem, senhor, acho que é bom que eles estejam sendo gradualmente removidos dos esforços de guerra e que já estejamos prontos para detonar a bomba de supernova. Nesse curto tempo desde que fomos libertados do envoltório...

– Vá direto ao assunto.

– Os robôs estão chateados, senhor.

– O quê?

– A guerra, senhor, parece que ela os está deixando meio pra baixo. Parecem estar cansados do mundo, ou talvez eu devesse dizer do Universo.

– Bem, é normal, afinal eles foram criados para nos ajudar a destruí-lo.

– Sei, mas é que eles estão tendo dificuldades com essa parte, senhor. Parece que estão meio cansados. Estão sem vontade de fazer o seu trabalho. Diria que perderam o "tchã" da coisa.

– O que você está tentando me dizer?

– Bem, eu acho que estão deprimidos por algum motivo, senhor.

– Mas, por Krikkit, o que você está dizendo?

– É que, nesses últimos encontros que tiveram recentemente, parece que entraram em uma batalha, levantaram suas armas para atirar e subitamente começaram a pensar: mas por quê? Qual a importância, cosmicamente falando, disso tudo? E então ficaram um pouco cansados e um pouco chateados.

– O que eles fazem, então?

– Eh... Equações quadráticas, basicamente. Absurdamente difíceis de resolver, pelo que sei. E daí ficam deprimidos.

– Deprimidos?

– Sim, senhor.

– Quem já viu um robô deprimido?

– Também não entendo, senhor.

– Que barulho é esse?

Era o barulho de Zaphod saindo com sua cabeça girando.

capítulo 31

Num profundo poço de escuridão jazia um robô. Ele tinha permanecido em silêncio em sua escuridão metálica durante um bom tempo. Estava frio e úmido, mas, sendo um robô, supostamente ele não deveria notar aquelas coisas. Contudo, graças a uma enorme força de vontade, ele conseguia notá-las.

Seu cérebro havia sido acessado pelo núcleo central de inteligência do Computador de Guerra de Krikkit. Ele não estava achando aquela experiência divertida, e o núcleo central de inteligência do Computador de Guerra de Krikkit também não.

Os robôs de Krikkit que haviam resgatado aquela patética criatura dos pântanos de Squornshellous Zeta haviam reconhecido quase instantaneamente sua gigantesca inteligência, bem como o uso que poderiam fazer dela.

Não tinham contado com os distúrbios de personalidade inerentes que o frio, a escuridão, a umidade, a falta de espaço e a solidão não contribuíam em nada para reduzir.

Ele não estava nada feliz com suas tarefas.

Além de qualquer outra coisa, a mera coordenação de toda a estratégia militar de um planeta inteiro ocupava apenas uma pequena parte de sua mente formidável e o restante dela estava se aborrecendo muito. Tendo resolvido todos os principais problemas matemáticos, físicos, químicos, biológicos, sociológicos, filosóficos, etimológicos, meteorológicos e psicológicos do Universo – exceto o seu próprio –, três vezes seguidas, estava achando realmente difícil encontrar algo para fazer, então tinha resolvido dedicar-se a compor cantigas curtas e melancólicas atonais, ou melhor, sem melodia alguma. A última delas era uma canção de ninar.

Marvin entoou, sem tom:

"Agora o mundo foi dormir,
A escuridão em mim não vou sentir,
Em infravermelho posso ver,
Como odeio a noite."

Fez uma pausa para reunir forças artísticas e emocionais a fim de compor o próximo verso:

"Eu me deito pra sonhar,
Carneiros elétricos vou contar,
Doces sonhos vão se danar,
Como odeio a noite."

– Marvin! – sibilou uma voz.

Sua cabeça levantou-se subitamente, quase arrancando a intrincada rede de eletrodos que o conectavam à central do Computador de Guerra de Krikkit.

Uma portinhola de inspeção havia sido aberta e uma das duas incontroláveis cabeças estava olhando para dentro, enquanto a outra se sacudia nervosamente virando o tempo todo de um lado para o outro.

– Ah, é você – murmurou o robô. – Eu devia ter adivinhado.

– E aí, garoto? – disse Zaphod, surpreso – Era você quem estava cantando agora há pouco?

– Estou – reconheceu Marvin, amargurado – em condições particularmente cintilantes neste momento.

Zaphod enfiou a cabeça através da portinhola e olhou em volta.

– Você está sozinho? – perguntou.

– Sim – disse Marvin. – Extenuado, me encontro aqui sentado, tendo a dor e a miséria como únicas companheiras. Além da vasta inteligência, é claro. E da tristeza infinita. E...

– Sei – disse Zaphod. – Ei, qual a sua conexão com tudo isso?

– Isso aqui – disse Marvin, indicando com seu braço menos danificado todos os eletrodos que o conectavam ao computador de Krikkit.

– Então – disse Zaphod meio sem jeito –, acho que você salvou minha vida. Duas vezes.

– Três vezes – respondeu Marvin.

A cabeça de Zaphod se voltou (a outra estava olhando atentamente em uma direção completamente errada) exatamente a tempo de ver o letal robô assassino bem atrás dele ter uma convulsão e começar a soltar fumaça. Ele cambaleou para trás e deixou-se cair contra uma parede. Escorregou até o chão. Caiu de lado, jogou a cabeça para trás e começou a soluçar inconsolavelmente.

Zaphod olhou novamente para Marvin.

– Você deve ter uma perspectiva incrível sobre a vida.

– Nem me pergunte – respondeu Marvin.

– Não vou perguntar – disse Zaphod e não perguntou. – Cara, você está fazendo um trabalho incrível.

– O que significa, suponho – disse Marvin, usando apenas uma grilionésima trilionésima bilionésima milionésima centésima décima parte de seus poderes mentais para fazer essa inferência lógica em particular –, que você não irá me libertar nem nada.

– Garoto, você sabe que eu adoraria fazer isto.

– Mas não vai fazê-lo.

– Não.

– Entendo.

– Você está trabalhando muito bem.

– Sim – disse Marvin. – Por que parar agora, justamente quando estou odiando isso?

– Preciso encontrar Trillian e o resto do pessoal. Ei, você tem alguma idéia de onde estão? Digo, tenho um planeta inteiro para vasculhar. Pode levar um tempo.

– Eles estão bem próximos – disse Marvin, pesarosamente. – Pode monitorá-los daqui, se quiser.

– Acho melhor ir até eles – afirmou Zaphod. – Ahn, bem, talvez eu precise de alguma ajuda, certo?

– Talvez – disse Marvin, com uma autoridade inesperada em sua voz lúgubre – fosse melhor você monitorá-los daqui. Aquela jovem – acrescentou, inesperadamente – é uma das menos ignorantemente aparvalhadas formas de vida orgânica que eu já tive a profunda falta de prazer de não ser capaz de evitar encontrar.

Zaphod levou alguns instantes para encontrar um caminho em meio a esse estonteante labirinto de negativas e saiu do outro lado bem surpreso.

– Trillian? – disse. – É só uma garota. Bonitinha, sim, mas temperamental. Você sabe como é, essa coisa de mulheres. Ou talvez não saiba. Acho que não. Se você sabe, eu não quero saber. Vamos lá, faça a conexão.

– ...totalmente manipulado.

– O quê? – disse Zaphod.

Era Trillian quem estava falando. Ele se virou.

A parede contra a qual o robô de Krikkit estava soluçando havia se iluminado para mostrar uma cena que estava se desenrolando em alguma outra parte desconhecida das Zonas de Guerra dos Robôs de Krikkit. Parecia ser uma câmara de conselho ou algo assim – Zaphod não podia ver muito bem por conta do robô jogado contra a tela.

Zaphod tentou mover o robô, mas este estava combalido em sua dor e tentou mordê-lo, então Zaphod achou melhor olhar em volta da melhor forma possível.

– Pense nisto – disse a voz de Trillian –, toda a história de vocês é apenas uma série de eventos altamente improváveis. E eu conheço um evento improvável quando vejo um. Seu completo isolamento da Galáxia já era bem estranho, para começar. Bem no extremo de tudo e com uma Nuvem de Poeira cercando vocês. Só pode ser armação. Claramente.

Zaphod estava extremamente frustrado por não poder ver a tela. A cabeça do robô o impedia de ver as pessoas com quem Trillian estava falando, o bastão de batalha multifuncional encobria o fundo da imagem e o ombro do braço que o robô havia pressionado contra a sua testa, em um gesto trágico, estava tapando Trillian.

– Então – prosseguiu Trillian – essa nave se espatifou no planeta de vocês. Isso é totalmente improvável, não? Vocês têm alguma idéia da improbabilidade de uma nave vagando por aí acidentalmente cruzar a órbita de um planeta?

– Ei! – disse Zaphod. – Ela não tem o menor Zárquon de idéia do que está falando. Eu vi a nave. É falsa. Não tem como.

– Achei que fosse – disse Marvin, de sua prisão atrás de Zaphod.

– Ah, é? – disse Zaphod. – É fácil dizer isso, agora que eu lhe contei. De qualquer forma, não estou vendo o que uma coisa tem a ver com a outra.

– E sobretudo – continuou Trillian – a improbabilidade de interceptar a órbita do único planeta em toda a Galáxia, ou talvez em todo o Universo, que ficaria totalmente traumatizado por vê-la. Vocês não sabem calcular a improbabilidade? Eu também não, e isso só mostra o quão elevada ela é. Mais uma vez é armação. Não ficaria nada surpresa se a nave fosse falsa.

Zaphod conseguiu mover o bastão de batalha do robô. Atrás dele, na tela, estavam Ford, Arthur e Slartibartfast, que pareciam perplexos e atônitos em meio aquilo tudo.

– Ei, olha só – disse Zaphod, animado. – Os caras estão se saindo bem! Ra ra ra! Vamos lá, peguem eles!

– E o que vocês têm a dizer – continuou Trillian – sobre toda essa tecnologia que vocês subitamente conseguiram desenvolver por contra própria quase que da noite para o dia? A maioria das pessoas levaria milhares de anos para fazer tudo isso. Alguém estava passando para vocês tudo de que precisavam saber, alguém estava mantendo vocês por dentro. Sim, eu sei – ela acrescentou em resposta a uma interrupção que não podia ser vista –, entendo que vocês não tenham percebido o que estava acontecendo. É exatamente sobre isso que estou falando. Vocês nunca perceberam nada. Como essa bomba de supernova.

– Como você sabe que ela existe? – disse uma voz que não podia ser vista.

– Apenas sei – disse Trillian. – Vocês realmente esperam que eu acredite que vocês são espertos o suficiente para inventar algo tão brilhante e são, ao mesmo tempo, burros demais para entender que ela os destruiria também? Isso não é apenas burro, é extraordinariamente obtuso!

– Ei, que história é essa de bomba? – perguntou Zaphod, preocupado, para Marvin.

– A bomba de supernova? – respondeu Marvin. – É uma bomba muito, muito pequena.

– É?

– Que iria destruir o Universo inteiro – completou Marvin. – Uma boa idéia, a meu ver. Mas não vão conseguir fazê-la funcionar.

– Por que não, se é tão brilhante?

– *A bomba* é brilhante – disse Marvin –, *eles* não. Chegaram até o ponto de projetá-la antes de serem trancados no envoltório. Levaram os últimos cinco anos construindo-a. Acham que chegaram lá, mas erraram. São tão burros quanto qualquer outra forma de vida orgânica. Odeio todas elas.

Trillian prosseguia.

Zaphod tentou puxar o robô pelas pernas, mas ele o chutou e rosnou para ele, então se lançou em um novo acesso de choro. Então, subitamente, ele se jogou no chão e continuou a expressar seus sentimentos no chão, fora do caminho.

Trillian estava de pé, sozinha, no meio de uma câmara, cansada mas com olhos vigorosamente chamejantes.

Perfilados à sua frente estavam os pálidos e enrugados Mestres Anciões de Krikkit, imóveis atrás de sua longa mesa de controle curvada, olhando para ela com uma mistura de medo e ódio.

Na frente deles, a meia distância entre a mesa de controle e o meio da câmara, onde Trillian estava de pé, como em um julgamento, havia um pilar branco e fino medindo cerca de um metro e vinte de altura. No alto do pilar, um pequeno globo branco, com uns dez centímetros de diâmetro.

Ao lado dele havia um robô de Krikkit com seu bastão de batalha multifuncional.

– Na verdade – explicou Trillian – vocês são tão idiotamente burros (ela estava suando, e Zaphod achava que aquilo era algo pouco atraente para ela estar fazendo naquele momento), são todos tão idiotamente burros, que eu duvido, realmente *duvido*, que tenham sido capazes de construir a bomba da forma certa sem a ajuda de Hactar nestes últimos cinco anos.

– Quem é esse tal de Hactar? – perguntou Zaphod.

Se Marvin respondeu, Zaphod não ouviu. Toda a sua atenção estava centrada na tela.

Um dos Anciões de Krikkit fez um pequeno gesto com as mãos na direção do robô de Krikkit. O robô levantou o bastão.

– Não posso fazer nada – disse Marvin. – Ele está em um circuito independente dos outros.

– Esperem – disse Trillian.

O Ancião fez outro pequeno gesto. O robô parou. Trillian subitamente duvidou seriamente de seu raciocínio.

– Como você sabe de tudo isso? – perguntou Zaphod para Marvin.

– Registros do computador – respondeu Marvin. – Eu tenho acesso.

– Vocês são muito diferentes, não? – disse Trillian para os Mestres Anciões – Muito diferentes de seus companheiros de mundo lá no chão. Vocês passaram a vida aqui, sem a proteção da atmosfera. Têm estado muito vulneráveis. O resto de sua raça está assustada, sabem, eles não querem que vocês façam isso. Vocês estão distantes de tudo. Por que não vão falar com os outros?

O Ancião perdeu a paciência. Fez um gesto para o robô que era exatamente o oposto do gesto anterior.

O robô moveu seu bastão de batalha. Acertou o pequeno globo branco.

O pequeno globo branco era a bomba de supernova.

Era uma bomba muito, muito pequena que fora projetada para destruir todo o Universo.

A bomba de supernova voou pelo ar. Bateu na parede no fundo da câmara do conselho e fez um bom buraco nela.

– Mas como ela sabe disso tudo? – disse Zaphod.

Marvin manteve-se em um silêncio sombrio.

– Provavelmente está apenas blefando – disse Zaphod. – Pobre garota, eu nunca deveria tê-la deixado sozinha.

capítulo 32

– Hactar! – gritou Trillian. – O que você quer com essa história toda?

Não houve resposta da escuridão que a cercava. Trillian esperou, nervosa. Ela estava certa de que não podia estar errada. Tentou enxergar dentro das sombras de onde esperava que alguma resposta viesse. Mas havia apenas um silêncio frio.

– Hactar? – chamou novamente. – Gostaria que você conhecesse meu amigo Arthur Dent. Eu queria fugir com um Deus do Trovão, mas ele não me deixou e eu lhe agradeço por isso. Ele me fez compreender onde residia meu afeto. Infelizmente Zaphod tem medo demais disso tudo, então trouxe Arthur no lugar dele. Não sei bem por que estou lhe dizendo tudo isso. Alô? – disse novamente. – Hactar?

E então surgiu a resposta.

Era fraca e débil como uma voz carregada pelo vento, trazida de muito longe, ouvida apenas em parte – a memória do sonho de uma voz.

– Por favor, saiam – disse a voz. – Prometo que estarão completamente seguros.

Olharam um para o outro e depois saíram, improvavelmente, acompanhando o raio de luz que saía da escotilha aberta na Coração de Ouro em plena escuridão granulosa da Nuvem de Poeira.

Arthur tentou segurar a mão de Trillian para acalmá-la e reconfortá-la, mas ela não deixou. Então decidiu segurar sua bolsa com a lata de azeite grego, sua toalha, postais amassados de Santorini e outros bagulhos. Acalmou e reconfortou aquilo.

Estavam sobre e dentro de nada.

Um nada escuro e repleto de poeira. Cada grão de poeira do computador pulverizado brilhava levemente conforme girava lentamente, capturando a luz do sol em meio à escuridão. Cada partícula do computador, cada grão de poeira, possuía em si, fraca e minimamente, o padrão do todo. Ao reduzir o computador a pó, os Silásticos Armademônios de Striterax o haviam danificado, mas não destruído. Um campo fraco e insubstancial mantinha as partículas relacionadas umas às outras.

Arthur e Trillian estavam de pé, ou melhor, flutuavam no meio dessa estranha entidade. Não tinham o que respirar, mas, até então, isso não parecia ser importante. Hactar cumpriu sua promessa. Estavam seguros. Por enquanto.

– Não posso lhes oferecer muito em termos de conforto – disse Hactar, com uma voz fraca –, exceto ilusões de ótica. É possível, contudo, sentir-se bastante confortável com ilusões de ótica quando isso é tudo que se tem.

Sua voz sumiu aos poucos e, em meio à poeira escura, surgiu um longo sofá coberto por um veludo *paisley*.

Arthur estava tendo sérias dificuldades em aceitar o fato de que aquele era o mesmo sofá que havia aparecido antes, quando estava na Terra pré-histórica. Ele queria gritar e espernear de raiva porque o Universo continuava fazendo esse tipo de coisas enlouquecedoramente atordoantes com ele.

Deixou que esse sentimento passasse, depois sentou-se no sofá, cuidadosamente. Trillian sentou também.

O sofá era real.

Ou, se não fosse real, ainda assim ele os sustentava e, como era isso que os sofás supostamente deviam fazer, aquele, de acordo com qualquer padrão vigente, era um sofá real.

A voz soprada pelo vento solar suspirou sobre eles novamente.

– Espero que estejam confortáveis.

Assentiram.

– E gostaria de lhes dar os parabéns pela exatidão de suas deduções.

Arthur apressou-se em dizer que ele não tinha deduzido quase nada pessoalmente e que aquilo era coisa da Trillian. Ela simplesmente pediu que ele viesse junto porque também estava interessado na vida, no Universo e em tudo mais.

– Isso também é algo que me interessa – soprou Hactar.

– Bem – disse Arthur –, deveríamos conversar a respeito alguma hora. De preferência tomando um chá.

Lentamente materializou-se, à frente deles, uma pequena mesa de madeira sobre a qual havia uma chaleira de prata, uma leiteira de porcelana branca, um açucareiro de porcelana branca e duas xícaras e pires de porcelana branca.

Arthur inclinou-se para pegar uma xícara, mas eram apenas ilusões de ótica. Recostou-se de volta no sofá, que era uma ilusão que seu corpo estava preparado para aceitar como confortável.

– Por que – perguntou Trillian – você acha que precisa destruir o Universo?

Ela estava achando um pouco difícil falar para o nada, sem um ponto onde fixar o olhar. Hactar obviamente notou isso. Riu uma risadinha fantasmagórica.

– Se vamos ter uma sessão desse tipo – respondeu –, melhor que seja em um local adequado.

Agora coisas novas materializaram-se na frente deles. Era uma imagem pálida e obscurecida de um divã – um divã de psiquiatra. O couro com o qual estava forrado era brilhoso e suntuoso, mas aquilo também era uma ilusão de ótica.

Em torno deles, para completar o ambiente, havia uma sugestão embaçada de paredes revestidas com madeira. E então, no divã, surgiu a imagem do próprio Hactar. Essa era uma imagem que entortava o olhar.

O divã parecia ter o tamanho normal de um divã de psicanalista – pouco mais de um metro e meio de comprimento.

O computador parecia ter o tamanho normal de um computador satélite negro e residente no espaço – cerca de 1.500 quilômetros de comprimento.

A ilusão de que um estava sentado sobre o outro era a coisa que entortava o olhar.

– Tudo bem – prosseguiu Trillian, firmemente. Levantou-se do sofá. Sentia que estava sendo forçada a se sentir muito confortável e a aceitar ilusões demais. – Muito bem – disse ela. – Você pode construir objetos reais também? Digo, objetos sólidos?

Houve outra pausa antes da resposta, como se a mente pulverizada de Hactar tivesse que coletar seus pensamentos dentro dos milhões e milhões de milhas nas quais estava dispersa.

– Ah – suspirou. – Você está se referindo à nave.

Os pensamentos pareciam fluir por eles e através deles, como ondas no éter.

– Sim – respondeu –, eu posso. Mas requer um esforço e um tempo enormes. Tudo que posso fazer em meu... estado de partículas, como você vê, é encorajar e sugerir. Encorajar e sugerir. E sugerir...

A imagem de Hactar no sofá pareceu tremular e se esmaecer, como se estivesse tendo dificuldades em se manter.

Reuniu forças.

– Posso encorajar e sugerir – prosseguiu – que pequenos fragmentos de matéria no espaço – um eventual meteorito minúsculo, algumas moléculas aqui, alguns átomos de hidrogênio ali – se reúnam. Eu os encorajo a juntarem-se. Posso sugerir-lhes uma forma, mas isso leva muitas eras.

– Então foi você que criou – perguntou Trillian novamente – o modelo da espaçonave destroçada?

– Ehh... sim – murmurou Hactar. – Eu construí... algumas coisas. Posso movê-las por aí. Fiz a espaçonave. Achei melhor fazer.

Naquele momento, algo fez com que Arthur pegasse sua bolsa sobre o sofá e a segurasse com firmeza.

A névoa da antiga mente rompida de Hactar revirava-se em torno deles como se sonhos incômodos a perpassassem.

– Entendam, eu me arrependi – murmurou pesarosamente. – Me arrependi de ter sabotado meu próprio projeto para os Silásticos Armademônios. Não me cabia tomar aquelas decisões. Fui criado para cumprir uma função e falhei. Neguei minha própria existência.

Hactar suspirou, enquanto Arthur e Trillian esperavam, em silêncio, que ele continuasse sua história.

– Vocês estavam certos – disse ele. – Eu deliberadamente orientei o planeta de Krikkit até que chegassem à mesma forma de pensar dos Silásticos Armademônios e me pedissem, então, o projeto da bomba que falhei em construir da primeira vez. Eu envolvi todo o planeta e cuidei dele. Sob a influência de eventos que fui capaz de gerar, aprenderam a odiar como maníacos. Tive que fazer com que vivessem no céu. Lá embaixo, na superfície, minha influência era muito fraca. É claro que, enquanto estiveram trancados e distantes de mim dentro do envoltório de Tempolento, começaram a agir de forma confusa e não conseguiram se virar sozinhos. Pois bem, pois bem – acrescentou –, estava apenas tentando cumprir minha função.

E muito gradualmente, muito, muito lentamente, as imagens começaram a se esvair, desmanchando-se suavemente.

Então, subitamente, pararam de se esvair.

– Havia também a questão da vingança, é claro – disse Hactar, com uma veemência nova em sua voz. – Lembrem-se de que fui pulverizado, depois deixado avariado e semi-impotente durante bilhões de anos. Honestamente, eu preferia aniquilar o Universo. Vocês se sentiriam da mesma forma, acreditem.

Parou novamente, enquanto turbilhões percorriam a Nuvem.

– Mas sobretudo – disse, no tom de voz melancólico que vinha usando – estava tentando cumprir minha função. Pois bem.

Trillian disse:

– Você não acha ruim ter fracassado?

– Fracassei? – sussurrou Hactar. A imagem do computador no divã de psiquiatra começou lentamente a sumir.

– Pois bem, pois bem – prosseguiu a voz, sumindo aos poucos. – Não, agora o fracasso já não me preocupa.

– Você sabe o que teremos que fazer, não é? – disse Trillian, com a voz seca de um profissional.

– Sim – disse Hactar –, vão ter que me dispersar. Vão destruir minha consciência. Prossigam, por favor – depois de tantas eras, esquecimento é tudo o que desejo. Se ainda não cumpri minha função, agora é tarde. Obrigado e boa noite.

O sofá desapareceu.

A mesa de chá desapareceu.

O divã e o computador desapareceram, assim como as paredes. Arthur e Trillian retornaram à Coração de Ouro.

* * *

– Bem, acho que é isso aí mesmo – disse Arthur.

As labaredas subiram à sua frente e pouco depois se apagaram, deixando-o apenas com a pilha das Cinzas, onde pouco antes havia o Pilar de Madeira da Natureza e Espiritualidade.

Ele as recolheu da cavidade da Churrasqueira Gama da Coração de Ouro, colocou-as em um saquinho de papel e retornou à ponte.

– Acho que deveríamos levá-las de volta – disse. – Sinto isso muito fortemente.

Ele já tinha discutido com Slartibartfast sobre o assunto, e o velho acabou se enchendo e foi embora. Havia retornado para sua própria espaçonave, a Bistromática, brigou seriamente com o garçom e desapareceu em uma idéia completamente subjetiva a respeito do espaço.

A discussão havia surgido porque Arthur queria levar as Cinzas de volta ao Lord's Cricket Ground, para o mesmo momento em que haviam sido retiradas de lá, o que envolvia viajar no tempo um dia para trás ou algo próximo a isso, e era exatamente esse tipo de vandalismo gratuito e irresponsável que a Campanha por um Tempo Real estava tentando fazer cessar.

– Sim – havia dito Arthur –, mas tente explicar isso ao Marylebone Cricket Club. – E não quis ouvir nenhum outro argumento contra a sua idéia. – Eu acho – disse novamente, e parou. O motivo pelo qual havia começado a falar de novo era porque ninguém havia prestado atenção na primeira vez, e o motivo pelo qual parou foi porque estava bastante óbvio que não iriam prestar atenção de novo.

Ford, Zaphod e Trillian estavam olhando para as telas de monitoração atentamente, enquanto Hactar estava sendo dispersado sob a pressão gerada por um campo vibracional que a Coração de Ouro estava gerando dentro dele.

– O que ele disse? – perguntou Ford.

– Acho que ouvi ele dizer "O que está feito, está feito... Cumpri minha função..." – disse Trillian, meio espantada.

– Acho que deveríamos levar estas Cinzas de volta – disse Arthur, segurando o saquinho que continha as Cinzas. – Sinto isso muito fortemente.

capítulo 33

O sol estava brilhando calmamente sobre o cenário de completo caos.

A fumaça continuava subindo ao longo do gramado chamuscado, pouco após o roubo das Cinzas pelos robôs de Krikkit. Em meio à fumaça, pessoas corriam, em pânico, chocando-se umas contra as outras, tropeçando, sendo presas.

Um policial estava tentando prender Wowbagger, o Infinitamente Prolongado, por falta de decoro, mas não foi capaz de impedir que o alienígena alto e cinza-esverdeado retornasse à sua nave e voasse para longe, arrogantemente, aumentando ainda mais o pânico e pandemônio.

Em meio a tudo isso, pela segunda vez naquela tarde, Arthur Dent e Ford Prefect materializaram-se subitamente, teleportados da Coração de Ouro, que estava agora parada em órbita estacionária sobre o planeta.

– Eu posso explicar! – gritou Arthur. – Eu estou com as Cinzas! Estão neste saquinho.

– Acho que ninguém está prestando atenção – disse Ford.

– Também ajudei a salvar o Universo – gritou Arthur para todos os que estavam dispostos a ouvi-lo, ou seja, ninguém.

– Isto deveria ter chamado a atenção de todos – Arthur falou para Ford.

– Não funcionou – disse Ford.

Arthur abordou um policial que passava correndo por perto.

– Com licença – disse. – As Cinzas. Estou com elas. Foram roubadas pelos robôs brancos há pouco tempo. Elas estão neste saquinho. Fazem parte da Chave para o envoltório de Tempolento, entende, então, bem, acho que você pode adivinhar o resto, mas a questão é que estão aqui e queria saber o que faço com elas.

O policial lhe disse o que fazer, mas Arthur preferiu entender sua resposta de forma metafórica.

Andou pelo campo, consternado.

– Será que ninguém se importa? – gritou em voz alta. Um homem passou correndo por ele e esbarrou em seu cotovelo. Ele deixou cair o saquinho de papel e seu conteúdo se esparramou no chão. Arthur olhou para baixo, contrariado.

Ford olhou para ele.

– Podemos ir agora? – disse.

Arthur soltou um longo suspiro. Olhou em volta para o planeta Terra, certo de que aquela seria a última vez.

– Vamos lá – respondeu.

Naquele momento, em meio à fumaça que estava se dispersando, ele pôde ver que um dos *wickets* permanecia de pé, apesar de tudo.

– Espere um pouco – disse para Ford. – Quando eu era garoto...

– Você pode me contar isso mais tarde?

– Eu era apaixonado por críquete, sabe, mas não jogava muito bem.

– Ou talvez nem contar nada, se preferir.

– E sempre tive o sonho tolo de que um dia eu faria um arremesso no campo do Lord's.

Olhou em torno de si para a multidão em pânico. Ninguém iria se importar.

– Tá bom – disse Ford, aborrecido. – Termine logo com isto. Vou ficar ali na frente – acrescentou – me chateando. – Saiu andando e sentou-se sobre um pedaço de grama fumegante.

Arthur lembrou-se de que, na primeira vez em que tinham estado lá naquela tarde, a bola de críquete havia caído dentro de sua bolsa, e olhou dentro dela.

Já havia encontrado a bola dentro da bolsa quando se lembrou que aquela não era a mesma bolsa que ele estava usando antes. Ainda assim, a bola estava entre seus suvenires da Grécia.

Ele pegou-a, esfregou-a na roupa, cuspiu nela e esfregou-a novamente. Colocou a bolsa no chão. Queria fazer aquilo da forma apropriada.

Jogou a bolinha vermelha de uma mão para a outra, sentindo seu peso.

Com um maravilhoso sentimento de leveza e despreocupação, foi recuando para longe do *wicket*. Decidiu que daria uma corrida médio-rápida e mediu a distância para um bom arremesso.

Olhou para o céu. Os pássaros voavam, algumas nuvens brancas passavam. O ar estava sendo perturbado pelos sons das sirenes da polícia e das ambulâncias, além das pessoas gemendo e gritando, mas ele se sentia curiosamente feliz e distante daquilo tudo. Ia arremessar uma bola no famoso campo do Lord's.

Virou-se e bateu algumas bolas no solo com seus chinelos. Endireitou os ombros, jogou uma delas para cima e pegou-a novamente.

Começou a correr.

Enquanto corria, notou que havia um batedor em frente ao *wicket*.

"Nossa", pensou, "isso realmente vai acrescentar um pouco de..."

Então, enquanto seus pés corriam, fazendo com que se aproximasse, pôde ver com clareza. O batedor que estava a postos no *wicket* não era do time inglês. Também não era do time de críquete australiano. Era do time dos robôs de Krikkit.

Era um robô assassino branco, frio, rígido e letal que aparentemente não havia retornado à sua nave com os outros.

Muitos pensamentos chocaram-se uns contra os outros dentro da cabeça de Arthur naquele momento, mas ele não conseguia parar de correr. O tempo parecia se mover de forma terrivelmente, terrivelmente lenta, mas ele não conseguia parar de correr.

Movendo-se como se estivesse imerso em mel, lentamente virou sua cabeça perturbada e olhou para sua própria mão, aquela que segurava a pequena bola vermelha e dura.

Seus pés continuavam se movendo para a frente enquanto ele olhava para a bola firmemente segura em sua mão, incapaz de agir. Ela estava emitindo um brilho vermelho-escuro e piscava de forma intermitente. Ainda assim seus pés se moviam para a frente, inexoravelmente.

Olhou novamente para o robô de Krikkit que estava de pé à sua frente, implacável e imóvel, com um único propósito, o bastão de batalha levantado em prontidão. Seus olhos queimavam com uma luz fria e hipnotizante: Arthur não conseguia desgrudar seus olhos dos dele. Encarava os olhos do robô com visão de túnel, como se não houvesse nada em torno dele.

Eis alguns dos pensamentos que estavam se chocando em sua mente naquele momento eram:

Ele se sentia um completo imbecil.

Sentia que deveria ter prestado muito mais atenção a uma série de coisas que ouvira dizer, frases que agora martelavam sua cabeça enquanto seus pés martelavam o chão na direção onde ele iria inevitavelmente lançar a bola para o robô de Krikkit, que iria inevitavelmente rebatê-la.

Lembrou-se de Hactar dizendo: "Fracassei? Agora o fracasso já não me preocupa."

Lembrou-se das últimas palavras de Hactar, ao morrer: "O que está feito, está feito, cumpri minha função."

Lembrou-se de Hactar ter dito que conseguira fazer "algumas coisas".

Lembrou-se do movimento súbito em sua bolsa que o havia feito segurá-la com firmeza quando estava na Nuvem de Poeira.

Lembrou-se de que tinha viajado para o passado um ou dois dias para retornar ao Lord's.

Lembrou-se também de que era um péssimo arremessador.

Sentiu seu braço preparando-se para o arremesso, segurando firmemente a bolinha que ele agora sabia, com certeza, ser a bomba de supernova que Hactar havia construído ele mesmo e colocado em sua bolsa, a bomba que levaria o Universo a um fim repentino e prematuro.

Torceu e rezou para que não houvesse vida após a morte. Então percebeu que havia uma contradição nisso e simplesmente torceu para que não houvesse vida após a morte.

Ele iria se sentir extremamente envergonhado se tivesse que encontrar todo mundo.

Torceu, torceu, torceu para que seus arremessos continuassem tão ruins quanto haviam sido, porque essa parecia ser a única coisa que se interpunha entre aquele momento e a destruição do Universo.

Sentiu suas pernas se movendo, seu braço girando, sentiu seus pés indo de encontro à bolsa que havia burramente deixado no chão à sua frente, sentiu que caía pesadamente para a frente, mas, com a mente tão repleta de outros pensamentos, naquele momento se esqueceu completamente de acertar o chão e portanto errou.

Ainda segurando firmemente a bola em sua mão direita, decolou, emocionado com a surpresa.

Girou e girou enquanto subia, sem controle nenhum.

Virou-se na direção do chão, lançando-se de forma caótica através do ar e, ao mesmo tempo, jogando a bomba bem longe, inofensivamente.

Atirou-se contra o robô atônito vindo de trás. O robô ainda estava com o bastão de batalha multifuncional erguido, mas, subitamente, não havia mais no que bater.

Em um súbito acesso tresloucado de força, arrancou violentamente o bastão de batalha do robô ainda perplexo, executou uma impressionante pirueta no ar, desceu novamente num ataque furioso e, com um golpe alucinante, arrancou a cabeça do robô.

– Afinal, vamos ou não? – perguntou Ford.

epílogo

A Vida, o Universo e Tudo Mais
E, no final, mais uma vez eles viajaram.

Houve um tempo em que Arthur Dent não teria ido. Ele disse que o Propulsor Bistromático lhe revelara que tempo e distância eram um, que mente e Universo eram um, que percepção e realidade eram um e que, quanto mais se viaja, mais se permanece no mesmo lugar, e, sendo assim, dado isso e aquilo outro ele preferia ficar quieto durante algum tempo e resolver tudo isso em sua mente, que agora era um com o Universo, então não iria levar muito tempo e ele poderia descansar bastante depois, aperfeiçoar suas técnicas de vôo e aprender a cozinhar, algo que ele sempre quis. A lata de azeite grego era agora seu objeto mais querido, e ele disse que a forma como ela havia inesperadamente surgido em sua vida havia mais uma vez dado um certo sentido de unidade às coisas, o que fazia com que ele achasse que...

Bocejou e caiu no sono.

Pela manhã, enquanto os outros se preparavam para levá-lo a algum planeta calmo e idílico onde as pessoas não se importassem muito com as coisas que ele falava, subitamente captaram uma chamada de socorro gerada por computador e alteraram a rota para investigar.

Uma nave pequena, mas aparentemente em perfeito estado, da classe Mérida, parece estar dançando alguns passos exóticos em meio ao espaço. Uma rápida varredura do computador revelou que a nave estava perfeita, que seu computador estava perfeito, mas que o piloto estava louco.

– Meio louco, meio louco – insistia o homem, enquanto o transportavam, siderado, a bordo da nave.

Ele era um jornalista do *Siderial Daily Mentioner's*. Deram-lhe sedativos e deixaram Marvin cuidando dele até que ele prometesse se comportar e falar algo sensato.

– Eu estava fazendo a cobertura de um julgamento – disse, finalmente – em Argabuthon.

Levantou-se, apoiando-se em seus ombros magros e enfraquecidos, com um olhar selvagem. Seus cabelos brancos pareciam estar acenando para um conhecido deles na outra sala.

– Calma, calma – disse Ford. Trillian pousou uma mão tranqüilizadora sobre seu ombro.

O homem afundou novamente na cama e olhou para o teto da enfermaria da nave.

– O caso – disse ele – é irrelevante agora, mas havia uma testemunha... um homem chamado... chamado Prak. Um homem estranho e difícil. Acabaram sendo forçados a administrar-lhe uma droga para fazer com que dissesse a verdade, um soro da verdade.

Seus olhos rolavam dentro das órbitas.

– Deram-lhe uma dose forte demais – disse, quase choramingando. – Foi forte demais, demais. – Começou a chorar. – Acho que os robôs devem ter esbarrado no braço do médico.

– Robôs? – perguntou Zaphod subitamente. – Que robôs?

– Uns robôs brancos – disse o homem em voz baixa e rouca – invadiram o tribunal e roubaram o cetro do juiz, o Cetro da Justiça de Argabuthon, um treco horrível feito de acrílico. Não tenho idéia do que queriam com aquilo. – Recomeçou a chorar. – E acho que esbarraram no braço do médico...

Balançou sua cabeça de um lado para o outro, desamparado, tristonho, olhos contorcidos pela dor.

– E quando o julgamento continuou – disse, em um sussurro quase choroso – perguntaram a Prak uma coisa terrível. Pediram a ele – parou e estremeceu – que contasse a Verdade, Toda a Verdade e Nada Mais que a Verdade. Só, entendem?

Subitamente apoiou-se novamente nos ombros e gritou para eles:

– Deram-lhe uma dose muito, muito forte daquela droga!

Caiu na cama de novo, resmungando baixinho:

– Muito forte, muito forte, muito forte, muito forte...

Em torno da cama, o grupo trocou olhares. Aquilo lhes dava arrepios.

– O que aconteceu? – disse Zaphod por fim.

– Bem, ele lhes contou tudo – disse o homem, selvagemente – e, até onde sei, continua contando coisas até agora. Coisas estranhas e terríveis... terríveis, terríveis! – gritou.

Tentaram acalmá-lo, mas ele fez força e se apoiou nos cotovelos novamente.

– Coisas terríveis, incompreensíveis – gritou –, coisas que deixariam qualquer homem louco!

Olhou para eles assustado.

– Ou, no meu caso – acrescentou –, meio louco. Sou um jornalista.

– Você quer dizer – perguntou Arthur, baixinho – que você está acostumado a se defrontar com a verdade?

– Não – respondeu o outro com o semblante franzido. – Quero dizer que inventei uma desculpa e saí mais cedo.

Depois disso ele entrou em coma, do qual saiu apenas uma vez, brevemente.

Nessa ocasião descobriram o seguinte a partir do que ele contou:

Quando ficou claro que era impossível interromper Prak, que ali estava a verdade em sua forma final e absoluta, a corte foi evacuada.

Não apenas evacuada, ela foi selada com Prak lá dentro. Paredes de aço foram construídas ao redor dela e, apenas por garantia, colocaram também arame farpado, uma cerca elétrica, construíram um fosso com crocodilos e estacionaram três grandes exércitos, para garantir que ninguém jamais teria que ouvir Prak falar.

– É pena – disse Arthur. – Queria saber o que ele tinha a dizer. Supostamente deveria saber qual é a Pergunta Fundamental para a Resposta Final. Continuo chateado por nunca termos descoberto isso.

– Pense em um número – disse o computador. – Qualquer número.

Arthur disse ao computador o número de telefone do setor de informações da estação de trens de King's Cross, acreditando que aquele número deveria ter alguma função e talvez fosse aquela.

O computador injetou o número no Gerador de Improbabilidade da nave, que havia sido reconstruído.

Na Relatividade, a Matéria diz ao Espaço como se curvar, e o Espaço diz à Matéria como se mover.

A Coração de Ouro disse ao espaço que desse um nó em si mesmo e estacionou de forma perfeita dentro do perímetro interno do muro de aço da Câmara de Justiça de Argabuthon.

O tribunal era um lugar austero, uma grande câmara sombria, claramente desenhada para servir à Justiça e não, por exemplo, ao Prazer. Você não conseguiria dar uma festa ali, pelo menos não uma festa animada. A decoração deixaria seus convidados deprimidos.

O teto era alto, curvo e muito escuro. Sombras se escondiam lá com uma determinação sinistra. Os revestimentos das paredes, dos bancos e dos pilares maciços, todos haviam sido talhados usando as mais escuras e severas árvores da terrível Floresta de Arglebard. A imponente Tribuna da Justiça, que dominava o centro da câmara, era um monstro de gravidade. Se algum raio de sol já tivesse conseguido se esgueirar tão fundo no complexo de justiça de Argabuthon, ele teria feito meia-volta e se esgueirado para fora novamente.

Arthur e Trillian entraram primeiro, enquanto Ford e Zaphod guardavam heroicamente a retaguarda.

Primeiro parecia que tudo estava completamente escuro e deserto. Os passos ecoavam pela câmara deserta. Aquilo parecia estranho. Todas as defesas continuavam em posição e operando normalmente do lado de fora do prédio, coisa que as varreduras da nave confirmaram. Portanto, eles tinham presumido que Prak ainda estaria contando toda a verdade.

Mas não havia nada.

Então, conforme seus olhos se acostumaram com a escuridão, perceberam um leve brilho vermelho em um canto e, atrás dele, uma sombra. Apontaram uma lanterna naquela direção.

Prak estava largado em um banco, fumando um cigarro indolentemente.

– Oi – disse ele, com um curto aceno. Sua voz ecoou pela câmara. Era um cara pequeno, com cabelos desgrenhados. Estava sentado com os ombros curvados para a frente e sua cabeça e joelhos não paravam de se mover. Deu outro trago no cigarro.

Olharam para ele.

– O que está acontecendo? – perguntou Trillian.

– Nada – disse ele, sacudindo os ombros.

Arthur apontou sua lanterna bem na cara de Prak.

– Pensávamos – disse ele – que você estivesse contando a Verdade, Toda a Verdade e Nada Mais que a Verdade.

– Ah, isso – disse Prak. – É. Eu estava. Já acabei. Não tem tanta coisa quanto as pessoas imaginam. Mas algumas partes são bem engraçadas.

Subitamente disparou em cerca de três segundos de risadas maníacas e depois parou novamente. Ficou sentado ali, mexendo a cabeça e os joelhos. Deu outra tragada, com um sorriso estranho no canto da boca.

Ford e Zaphod saíram das sombras.

– Conte-nos um pouco a respeito – disse Ford.

– Ah, já não consigo me lembrar de nada – disse Prak. – Pensei em escrever algumas partes, mas primeiro não consegui achar um lápis, e depois, pensei, para que me preocupar?

Houve um longo silêncio, durante o qual puderam sentir o Universo ficar um pouco mais velho. Prak olhava para a lanterna.

– Nada? – disse Arthur por fim. – Você não consegue se lembrar de nada?

– Não. Exceto que a maioria das partes divertidas tinha a ver com as rãs, disso eu lembro.

Voltou a se contorcer em risos, enquanto batia com os pés no chão.

– Vocês não vão acreditar nas histórias das rãs – disse, ofegante. – Ei, vamos lá, vamos encontrar uma rã. Cara, a partir de agora tenho uma nova visão sobre elas! – Ficou de pé e deu uns passos engraçados. Depois parou e tragou longamente o cigarro.

– Vamos encontrar uma rã que eu possa gozar – disse depois. – Aliás, quem são vocês?

– Viemos procurá-lo – disse Trillian, deixando deliberadamente claro o tom de desapontamento na voz. – Meu nome é Trillian.

Prak balançou a cabeça.

– Ford Prefect – disse Ford, dando de ombros.

Prak balançou a cabeça.

– E eu – disse Zaphod, quando julgou que havia novamente silêncio suficiente para que um anúncio de tamanha gravidade fosse feito tão levianamente – sou Zaphod Beeblebrox.

Prak balançou a cabeça.

– Quem é esse cara? – disse Prak sacudindo o ombro na direção de Arthur, que tinha ficado em silêncio, perdido em pensamentos desapontados.

– Eu? – perguntou Arthur. – Meu nome é Arthur Dent.

Os olhos de Prak saltaram das órbitas.

– Sério? – gritou. – Você é Arthur Dent? *Aquele* Arthur Dent?

Deu uns passos para trás, segurando o estômago enquanto se contraía em novos espasmos de riso.

– Uau, só de pensar em conhecer você! – estava sem ar. – Rapaz – gritou –, você é o cara mais... uau, você deixa as rãs para trás!

Ele gritava e ria histericamente. Caiu para trás do banco. Revirava-se no chão histericamente. Chorava de tanto rir, chutava o ar, batia no peito. Gradualmente conseguiu se controlar, ofegante. Olhou para eles. Olhou para Arthur. Caiu novamente para trás, rindo histericamente. Acabou adormecendo.

Arthur ficou ali, seus lábios tremendo, enquanto os outros carregavam Prak, completamente apagado, para a nave.

– Antes de virmos pegar Prak – disse Arthur – eu ia partir. Ainda quero partir, e acho que devo fazê-lo o mais rápido possível.

Os outros concordaram em silêncio, silêncio este que foi apenas quebrado pelo som muito abafado e distante das risadas histéricas vindas da cabine de Prak, na parte mais distante da nave.

– Nós já o interrogamos – prosseguiu Arthur – ou, pelo menos, vocês o interrogaram, já que, como sabemos, não posso chegar perto dele. Perguntamos de tudo e ele não parece ter nada a dizer. Apenas uma ou outra frase, e muitas coisas que não quero saber sobre rãs.

Os outros tentaram conter as risadinhas.

– Olhem, eu sou o primeiro a rir de uma piada – disse Arthur, mas depois teve que esperar os outros pararem de rir. – Sou o primeiro a... – Parou novamente e escutou o silêncio. Estava realmente silencioso desta vez.

Prak estava em silêncio. Durante dias eles haviam convivido com sua risada histérica ressoando pela nave, ocasionalmente interrompida por breves períodos de risadas mais leves e de sono. A própria alma de Arthur estava se contorcendo em completa paranóia.

Aquele não era o silêncio do sono. Uma campainha soou. Deram uma olhada em um painel e viram que a campainha fora acionada por Prak.

– Ele não está bem – disse Trillian, preocupada. – As risadas permanentes estão destruindo completamente seu corpo.

Os lábios de Arthur voltaram a tremer, mas ele nada disse.

– Melhor irmos ver como ele está.

Trillian saiu da cabine revestida de sua expressão de extrema seriedade.

– Ele quer que você entre – disse ela para Arthur, que estava com sua expressão de completo mau humor. Ele enfiou as mãos dentro dos bolsos de seu roupão e tentou pensar em alguma resposta que não fosse soar mesquinha. Aquilo lhe parecia tremendamente injusto, mas não conseguiu pensar em nada. – Por favor – disse Trillian.

Ele deu de ombros e entrou, levando sua expressão de completo mau humor com ele, apesar da reação que isso sempre provocava em Prak.

Olhou para o seu torturador, que estava deitado imóvel na cama, pálido e combalido. Sua respiração estava fraca. Ford e Zaphod estavam de pé ao lado da cama com uma cara estranha.

– Você queria me perguntar algo – disse Prak com a voz fraca, tossindo levemente.

Apenas o fato de ele tossir já deixava Arthur tenso, mas passou logo.

– Como você sabe disso? – perguntou.

Prak olhou para ele, cansado.

– Porque é verdade – respondeu.

Arthur entendeu.

– Sim – acabou dizendo em uma fala arrastada e tensa. – Eu tinha uma Pergunta. Ou melhor, o que eu tenho é uma Resposta. Eu queria saber qual era a Pergunta.

Prak assentiu de forma simpática e Arthur relaxou um pouco.

– Bem... olha, é uma longa história – disse por fim –, mas a Pergunta que eu queria conhecer se refere à Questão Fundamental sobre a Vida, o Universo e Tudo Mais. Tudo que sabemos é que a Resposta é 42, o que é um pouco irritante.

Prak assentiu novamente.

– Quarenta e dois – disse ele. – Sim, é isso mesmo.

Fez uma pausa. Sombras de pensamentos e lembranças cruzaram sua face como sombras de nuvens cruzando o solo.

– Eu lamento dizer – falou por fim – que a Pergunta e a Resposta são mutuamente exclusivas. Por lógica, o conhecimento de uma impede o conhecimento da outra. É impossível que ambas possam ser conhecidas no mesmo Universo.

Fez outra pausa. O desapontamento surgiu no rosto de Arthur e foi se alojar em seu cantinho habitual.

– Exceto – disse Prak, fazendo força para focalizar um pensamento – que, se isso acontecesse, creio que a Pergunta e a

Resposta iriam se cancelar mutuamente e levar o Universo com elas. Ele seria, então, substituído por algo ainda mais estranho e inexplicável. É possível que isso já tenha acontecido – acrescentou, com um sorriso enfraquecido –, mas há uma certa Incerteza a respeito disso.

Um pequeno risinho perpassou-o levemente.

Arthur sentou-se em um banquinho.

– Ah, bem – disse, resignado –, eu só estava esperando que houvesse alguma razão.

– Você conhece – perguntou Prak – a história da Razão?

Arthur disse que não e Prak respondeu que já sabia que não.

Ele a contou.

Uma noite, ele disse, uma espaçonave apareceu no céu de um planeta que nunca antes havia visto uma delas. O planeta era Dalforsas e a nave era aquela. Surgiu como uma nova e brilhante estrela se movendo silenciosamente através do céu.

As pessoas das primitivas tribos que estavam sentadas nas encostas das Montanhas Gélidas olharam para cima, segurando suas xícaras com bebidas fumegantes e apontaram, com dedos trêmulos, jurando que haviam visto um sinal de seus deuses significando que deveriam agora levantar-se e partir para massacrar os malignos Príncipes das Planícies.

Nas altas torres de seus palácios, os Príncipes das Planícies olharam para cima e viram a estrela brilhante, compreendendo que aquele era um sinal inequívoco de seus deuses para que eles partissem e atacassem as malditas tribos das Montanhas Gélidas.

Entre ambos, os Habitantes da Floresta olharam para o céu e viram o sinal da nova estrela. Olharam para ela com medo e apreensão porque, apesar de nunca terem visto nada assim, eles também sabiam exatamente que presságio aquilo trazia e curvaram suas cabeças em desespero.

Sabiam que, quando as chuvas vinham, era um sinal.

Quando as chuvas paravam, era um sinal.

Quando os ventos sopravam, era um sinal.

Quando os ventos se aquietavam, era um sinal.

Quando houvesse nascido na terra, à meia-noite em uma lua cheia, uma cabra com três cabeças, era um sinal.

Quando houvesse nascido na terra, em uma hora qualquer, um gato ou porco perfeitamente normal sem qualquer complicação, ou mesmo uma criança com um nariz empinado, muitas vezes essas coisas também eram vistas como um sinal.

Então não havia dúvida alguma de que uma nova estrela no céu era um sinal de enorme magnitude.

E cada novo sinal significava a mesma coisa – que os Príncipes das Planícies e as Tribos das Montanhas Gélidas estavam se preparando para arrancar o couro uns dos outros.

Por si só, isso não seria nada demais, exceto que os Príncipes das Planícies e as Tribos das Montanhas Gélidas sempre decidiam arrancar o couro uns dos outros na Floresta, e a pior parte dessas lutas sobrava sempre para os Habitantes da Floresta, ainda que, até onde eles conseguissem entender, não tivessem nada a ver com isso.

E algumas vezes, depois dos piores desses ultrajes, os Habitantes da Floresta enviavam um mensageiro para o líder dos Príncipes das Planícies ou para o líder das Tribos das Montanhas Gélidas, perguntando-lhes qual a Razão daquele comportamento insuportável.

E o líder, fosse quem fosse, levava o mensageiro para um canto e lhe explicava a Razão, lenta e cuidadosamente, tendo um grande cuidado ao explicar todos os detalhes envolvidos.

A coisa mais terrível era a seguinte: a razão era muito boa. Era clara, muito racional e muito dura. O mensageiro abaixava a cabeça, consternado, sentindo-se tolo por não ter percebido o quão duro e complexo era o mundo real, e quão enormes eram as dificuldades e paradoxos que precisavam ser defrontados para que fosse possível viver nele.

– Você entende agora? – dizia o líder.

O mensageiro concordava em silêncio.

– E você compreende que essas batalhas precisam ocorrer?

Outra vez concordava em silêncio.

– E por que elas têm que ocorrer na Floresta, no interesse de todos, inclusive dos Habitantes da Floresta?

– Eh...

– A longo prazo.

– Eh, sim.

E o mensageiro de fato compreendia a Razão, e retornava para seu povo na Floresta. Contudo, enquanto se aproximava deles, enquanto atravessava a Floresta, por entre as árvores, percebia que tudo de que podia se lembrar a respeito da Razão era o quão incrivelmente claro o argumento havia parecido. Qual era exatamente o argumento, isso ele nunca conseguia se lembrar.

E isso era, claro, um grande consolo quando as Tribos e os Príncipes voltavam a guerrear, cortando e queimando tudo em seu caminho através da Floresta e matando todos os Habitantes da Floresta que encontrassem.

Prak fez uma pausa em sua história e tossiu.

– Eu fui o mensageiro – disse ele – após as batalhas causadas pela aparição de sua nave, que foram especialmente selvagens. Muitos de nosso povo morreram. Acreditei que poderia trazer a Razão de volta. Fui até o líder dos Príncipes, que a contou para mim, mas no caminho de volta ela foi se desfazendo e sumindo em minha mente como neve sob o sol. Isso foi há muitos anos e muitas outras coisas já aconteceram desde então.

Olhou para Arthur e soltou outro risinho leve.

– Há uma coisa de que consigo me lembrar após o soro da verdade. Além das rãs, e é a última mensagem de Deus para sua criação. Vocês gostariam de ouvi-la?

Durante um breve momento, não sabiam se deviam levá-lo a sério ou não.

– Mesmo – disse ele. – Estou falando sério.

Seu peito arfava com dificuldade e lutava para respirar. Sua cabeça pendeu levemente para o lado.

– Não fiquei muito impressionado quando soube pela primeira vez o que era – disse ele –, mas agora, lembrando o quão impressionado eu fiquei pela Razão do Príncipe e quão rápido me esqueci dela, acho que poderia ser bem mais útil. Vocês querem saber o que é? Querem?

Todos concordaram em silêncio.

– Achei que iriam querer. Se vocês estiverem interessados, sugiro que procurem por ela. Está escrita em letras chamejantes de nove metros no topo das Montanhas de Quentulus Quazgar na terra de Sevorbeupstry no planeta Preliumtarn, o terceiro a partir do sol Zarss no Setor Galáctico QQ7 Ativo J Gama. É guardado pela Lajéstica Vantraconcha de Lob.

Houve um longo silêncio após essa parte, finalmente quebrado por Arthur.

– Desculpe, onde mesmo você disse que estava?

– Está escrita – repetiu Prak – em letras chamejantes de nove metros no topo das Montanhas de Quentulus Quazgar na terra de Sevorbeupstry no planeta Preliumtarn, o terceiro a partir do...

– Desculpe – repetiu Arthur –, que montanhas?

– As Montanhas de Quentulus Quazgar na terra de Sevorbeupstry no planeta...

– Que terra você mencionou? Não peguei bem essa parte.

– Sevorbeupstry, no planeta...

– Sevorbe... o quê?

– Ah, que se dane – disse Prak, e morreu em seguida.

Nos dias seguintes, Arthur pensou um pouco sobre a tal mensagem, mas, no final das contas, decidiu que não iria se deixar levar por ele e insistiu em prosseguir com seu plano original de encontrar um agradável pequeno mundo onde pudesse se assentar e levar uma vida calma e isolada. Tendo salvado o Universo duas vezes no mesmo dia, achou que podia levar as coisas de forma mais calma daí em diante.

Eles o deixaram no planeta Krikkit, que havia voltado a ser um mundo idílico e pastoral, mesmo que as músicas o irritassem um pouco.

Passou muito tempo voando.

Aprendeu a se comunicar com as aves e descobriu que a conversa delas era incrivelmente chata. Só falavam sobre a velocidade do vento, envergadura das asas, relação força/peso e muitas coisas sobre frutinhas. Infelizmente ele também descobriu que, uma vez que você tenha aprendido o *passareado*, rapidamente percebia que todo o ar estava cheio dele o tempo todo, nada além de tagarelice sem sentido entre pássaros. Não há como escapar.

Foi por esse motivo que Arthur acabou desistindo desse esporte e aprendeu a viver no chão e gostar dele, apesar de também ouvir muita tagarelice sem sentido por lá.

Um dia, estava andando pelos campos cantarolando uma adorável melodia que havia aprendido recentemente quando uma espaçonave prateada desceu do céu e pousou na sua frente.

Uma escotilha se abriu, uma rampa se estendeu e um alienígena alto e cinza-esverdeado saiu lá de dentro e aproximou-se dele.

– Arthur Phili... – disse, então olhou atentamente para ele e depois para a sua prancheta. Franziu o rosto. Olhou novamente para ele.

– Já peguei você antes, não foi?

PRÓXIMO LANÇAMENTO DA SÉRIE:

ATÉ MAIS, E OBRIGADO PELOS PEIXES!

Anos depois de ter vivido as mais loucas aventuras pela Galáxia, Arthur Dent está de volta à Terra. Será que ela foi mesmo destruída para dar passagem a uma estrada interespacial? Tudo parecia igual a antes, a não ser pelo misterioso sumiço dos golfinhos... Teria Dent imaginado toda essa história? Então onde estão os golfinhos? E o que diabos eles quiseram dizer com "Até mais, e obrigado pelos peixes"? Isso é o que você e Arthut Dent estão prestes a descobrir.

OUTROS TÍTULOS DA SÉRIE:

- O Guia do Mochileiro das Galáxias
- A Vida, o Universo e Tudo Mais

Conheça os 25 clássicos da Editora Sextante

- *Um dia daqueles, Querida mamãe* e *O sentido da vida*, de Bradley Trevor Greive
- *Você é insubstituível, Pais brilhantes, professores fascinantes* e *Dez leis para ser feliz*, de Augusto Cury
- O *Código Da Vinci*, de Dan Brown
- *Palavras de sabedoria, O caminho da tranqüilidade* e *Uma ética para o novo milênio*, do Dalai-Lama
- *Os 100 segredos das pessoas felizes, Os 100 segredos das pessoas de sucesso* e *Os 100 segredos dos bons relacionamentos*, de David Niven
- *Por que os homens fazem sexo e as mulheres fazem amor?*, de Allan e Barbara Pease
- *Não leve a vida tão a sério*, de Hugh Prather
- *Enquanto o amor não vem*, de Iyanla Vanzant
- *A última grande lição*, de Mitch Albom
- *A Dieta de South Beach*, de Arthur Agatston
- *Histórias para aquecer o coração*, de Mark V. Hansen e Jack Canfield
- *A divina sabedoria dos mestres* e *Só o amor é real*, de Brian Weiss
- O *ócio criativo*, de Domenico De Masi
- *Em busca da espiritualidade*, de James Van Praagh
- *A vida é bela*, de Dominique Glocheux
- O *outro lado da vida*, de Sylvia Browne

INFORMAÇÕES SOBRE OS PRÓXIMOS LANÇAMENTOS

Para receber informações sobre os próximos lançamentos da EDITORA SEXTANTE, queira entrar em contato com nossa Central de Atendimento, dando seu nome, endereço e telefone para:

EDITORA SEXTANTE
R. Voluntários da Pátria, 45 – 1.404 – Botafogo
22270-000 – Rio de Janeiro – RJ
Tel.: (21) 2286-9944 – Fax: (21) 2286-9244
DDG: 0800-22-6306 (ligação gratuita)
E-mail: atendimento@esextante.com.br

Para saber mais sobre nossos títulos e autores, e enviar seus comentários sobre este livro, visite o nosso site:
www.sextante.com.br